厳しい女上司が
高校生に
戻ったら俺
デレデ
する理

Why is my strict boss me
by n.

3

「右色小栗、理想の異性は
下野先輩みたいな人です！
——年下女子はお嫌いですか？」
右色
小栗
Oguri
Ushiki

「七哉くん、ありがとう」
月夜に照らされた彼女の笑顔は、
空に輝くどんな星よりも、
美しかった。

Character

左近司琵琶子
Biwako Sakonji
中津川奈央
Nao Nakatsugawa
下野七哉
Nanaya Shimono
田所鬼吉
Onikichi Tadokoro

Contents

—— 003
プロローグ

第1章 006
部下と上司の三者面談

第2章 041
年下女子は
お嫌いですか？

第3章 089
上條透花のメイソウ

第4章 112
上司と部下と後輩の
甘いデート

第5章 183
秋のレプリカ空間と
若人たちの文化祭

第6章 243
女上司の本当の気持ち

—— 272
アナザーローグ

WHY IS MY STRICT BOSS MELTED
BY ME ?

厳しい女上司が高校生に戻ったら俺にデレデレする理由３
～両片思いのやり直し高校生生活～

徳山銀次郎

カバー・口絵　本文イラスト
よむ

プロローグ

Why is my strict boss melted by me?

私は二度目の青春時代を過ごしている。

実《みの》らなかった恋を追いかけ、実らなかった恋を諦《あきら》めきれず。

二度目の青春時代を、やり直している。

残暑を感じさせない金木犀《きんもくせい》の香りを胸いっぱいに吸い込みながら、私はカーディガンのポケットに右手を入れた。

そこに潜《ひそ》んでいた小さな飴玉《あめだま》を顔の位置まで運び、静かに観察する。

白いビニールに包まれた、いちご味の飴玉だ。

昔……タイムリープをするよりも、もっと前、母親からこんな話を聞いたことがある。


――恋はいちごの飴の味がする――


苺《いちご》よりも甘いけれど、苺ほど柔らかくない。

そして、恋を最後まで味わうには、長い時間がかかるのだと。

確かに私の恋は十年以上もの年月を費《つい》やしている。

けれども、いまだ、味わうことはできていない。

この包みを解《と》いて口に入れるのが怖いのだ。

本当は甘くないかもしれない。

想像以上に硬いかもしれない。


口に入れた途端、なくなってしまうかもしれない――。


だから臆病《おくびょう》な私は、手のひらにのっているこの小さな飴玉を舐《な》めることができず、大事に大事にしまっている。

でも、そんな自分はもう、うんざりだ。

このいちご味の飴を私は舐めてみたい。

口の中に入れて味わってみたい。

今度こそ、彼と結ばれる。


そのために私はタイムリープしてきたのだから。

もし、そのときが来たならば、白い包みを解いて、この小さないちご味の飴を舐めてみよう。

きっと甘いに違いない。

それまでは、なくさぬよう大切にしておきたい。

いわし雲の広がる夕空を見つめながら、私はこの手に握《にぎ》りしめた小さな飴玉を、そっとポケットにしまった。

第1章 部下と上司の三者面談

Why is my strict boss melted by me?

「それで?」

「は……はい」

「はい、じゃなくて、具体的な説明をしてちょうだいと言っているんだけれど、下野七哉《しものななや》くん」

俺《おれ》の名前を呼んで、上條透花《かみじょうとうか》は鷹《たか》のような鋭い視線をこちらに向けた。

彼女が厳しい女上司だった頃《ころ》に、それはまあ、よーく見た目だ。

だが、今の彼女は高校生。厳しい女上司などこの場にはいない。

いるのは厳しい先輩。上條課長ではなく、上條先輩だ。

……なんて、屁理屈《へりくつ》こねたところで課長の表情が笑顔に変わるわけでもなく、結局、高校生に戻ろうと課長は課長のままなのだ。

俺と課長がタイムリープしてから、気付けば四ヶ月が経《た》っていた。

九月上旬の話である。

先にも述べた通り、俺は会社員だった頃から十一年前の高校時代にタイムリープしているので、今いるこの場がオフィスでないことは言うまでもないのだが、じゃあ、いったいどこでこんな上司へのミス報告みたいな空気になっているのかというと……。

　彼女の家である。

　正真正銘、上条課長の実家、そのリビングで俺はうぐいす色したオシャレなソファに座り、握《にぎ》り拳《こぶし》を行儀よく膝《ひざ》の上にのせているのだ。

　そして、この場にいるのは俺と課長だけではなく……。

「まあまあ、透花。そんな怖い顔しないで」

　この事件の元凶である人物、上条唯人《ゆいと》さんも同席している。

「うっさい！」

　すかさず兄に向かって妹の怒号が飛んだ。

　説教するにも理論的で納得できる言葉を選ぶあの課長が、こんな適当な言葉で返すとは……。さすが兄妹というか……なんかこれはこれで妹っぽい課長も見られてかわいいなぁなんて。

　なんて、じゃないんだよ。

　その兄妹だってのが、今のこの状況を招いてるんだよ！

　いろいろとあった夏休み。

　なんだかんだ丸く収まったのだが、一つだけ解決していないことがある。

それが上條透花、唯人、兄妹問題である。

俺がタイムリープする前に大ファンだった恋愛メンタリストYuito。その十一年前の本人がここにいる唯人さんだ。ひょんなことから俺は唯人さんと知り合い、たまに会っては恋愛相談をしていた。そんな唯人さんが課長のことを実の妹だと言うのだ。

そして、課長も唯人さんをお兄ちゃんと呼んでいる。

その事実が発覚したあの夏から、今日までずっと悶々《もんもん》としてはいたものの、どうにも俺の脳がこの問題に触れることを拒《こば》み、後回しにしていた。

しかし、抱えている問題を見て見ぬふりしていたところで、自然と解決に至《いた》るほど社会は甘くなく、二学期が始まってすぐの休日、とうとう先方からの呼び出しを食らったというわけだ。

「どうして七哉くんとお兄ちゃんが知り合いで、それを私に隠していたの？」

唯人さんと俺が頻繁《ひんぱん》に会うような仲だということを、課長は知らなかったらしい。

が、その状況はまったく俺も同じわけであって、なぜ唯人さんと課長が兄妹なんだと聞きたいのは、むしろ俺のほうなのだ。

まあ、「なぜ兄妹なんだ」って問いはいささかおかしな質問かもしれないが。

とにかく、この場で一人だけ立場が違う人物といえば唯人さんだ。

彼はあの祭りの日、課長のピンチをいち早く察知し、そして俺へ電話してきた。

つまり俺と課長が知り合いであることをもともと知っていたということ。

彼だけ、前提条件が違う。ならば、答えを聞くべき相手は俺ではなく上條唯人。

そのための三者面談だ。

俺は唯人さんに「あなたが答えてくださいよ」と目で訴える。

おそらく俺が送った目線の意図をくんだのだろう、あいかわらずの爽《さわ》やかスマイルで彼は口を開いた。

「兄妹だからといって、互いの交友関係を逐一《ちくいち》報告する義務はないんじゃないかな。現に透花も下野くんのことを僕に紹介してくれたことはないよね？　別にやましいことがあるわけでもない。たまたま共通の知人がいたって話じゃないか。なにがそんなに不満なんだい？」

さすが唯人さんだ。切り返しが早い。そして理屈っぽい。

正直、俺だって唯人さんに、なぜ俺の好きな人が自分の妹だとわかっていながら、それを隠していたのかと、問いただしたい。

しかし、俺も妹を持つ兄の立場として、唯人さんが言い出せなかった理由もなんとなくわかる。身内の恋愛話ってのはこっぱずかしいものなのだ。それが異性の兄妹となれば、なおさら。

そもそも一方的に相談事をしていたのはこっちのほうなわけだし、それで俺が唯人さんを責めるというのはちょっと違うだろう。

そうなると問題は課長だ。

課長に俺と唯人さんがどんな関係なのかを掘り下げられると、こちらとしては困るのだ。

あなたを落とすための相談を、あなたのお兄さんにしていました。

うん、この上なく気持ち悪い。

即軽蔑《けいべつ》確定。

翌日にはデスクを課長席から最も遠い場所に配置されることだろう。まあ、今はデスクどころか学年が違うので同じ教室にいないんだけど。タイムリープ前は毎日同じ室内にいたから、課長の目を気にしなくてよくなった反面、地味に寂《さび》しい。

てなわけで、ここは一つ唯人さんにその得意のディベート力で切り抜けてほしいところである。

大丈夫。相手がいくら課長であれど、こっちはメンタリズムのスペシャリストYu・ito先生。初手の反論も完璧《かんぺき》だったじゃないか。

さあ、超エリート管理職の妹はどう返す。


「は?」

こっっっっっっっっっっっっっっっっっっっっっっっっわ!

え、なにそのたった一音ですべてを伝える口撃《こうげき》。

ディベート成り立ってないじゃん。ただの威圧じゃん。こんな理不尽な返しオフィスで見たことないよ。完全に兄を邪険に扱う妹モードじゃん。

しかし、兄より優れた妹なぞ存在しねえのだ！

ですよね、唯人兄さん！

俺はスッと首を動かし唯人さんのほうを見る。

彼は穏《おだ》やかな笑顔で俺の目線に応《こた》えた。そして、表情を崩さないままゆっくりと課長のほうを向く。

「ごめんなさい」

謝った！　めちゃくちゃ爽やかに、そして潔《いさぎよ》く妹に屈服した！

「だいたい夏休みの間、何度もこういう場を作ろうとしたのに、用事がある用事があるって今日まで逃げてきたのはどこの誰《だれ》？　なにがやましいことはないよ。自分で言ってること矛盾《むじゅん》してると思わないの？」

そして容赦《ようしゃ》なく追い打ちかける妹！

今度はしっかりロジカルにとどめ刺してきた！

「下野くん、すまない。僕には無理だったよ」

諦《あきら》めるの早！

「唯人さんそんな寂しそうな目で俺を見ないでください！」

「しょうがない、もうすべてを透花に打ち明けよう、下野くん」

「いやいや、なに言ってるんですか！」

まさかこんな展開になるとは。

じゃあ、なにか、今から俺に間接的な告白をしろというのか？

ムリムリムリ。

心の準備とかそんな次元じゃない。

こんな形で俺が課長を好きだと伝えるなんて、絶対に無理。

ダメダメな俺でも意地ってもんがある。

告白するときはちゃんと自分の意志で、自分が課長にふさわしいと思えたときにしたい。

「すべてを話すってどういうこと？　やっぱり二人でなにか隠し事してるのね」

しかし、ことは止まらない。

課長の関心がグッと俺たちに寄せられ、答えをうやむやにできるフェーズは通りすぎてしまった。

「か、課長それは……」

「その前に、透花」

一瞬、リビングの彩度《さいど》が、少しだけ下がったかのような錯覚《さっかく》に陥《おちい》る。そんなトーンの声色《こわいろ》で唯人さんが切り出した。

「な、なによ」

課長もなにかを敏感に察知したのか、少し戸惑いの様子を見せる。

「透花は僕に、なにも隠し事はしていないのかい？」

「はあ？　別に隠し事なんて……」

「透花と下野くんの関係に、秘密はないかい？」

「⁉」

俺と課長が同時に表情をこわばらせる。

唯人さんにさっきまでの笑顔はない。

「私と七哉くんになんの秘密があるってのよ」

「その内容がわかっていれば、こうして聞くことなんてないよ。ただ……」

「ただ……？」

「どうも二人は普通の高校生同士という関係に見えなくてね。まるで」

まさか、いや、いくら唯人さんでも俺たち二人だけの秘密を見破るなんてこと、できるはずない。

できるはず――。

「いや、これ以上はやめておこう。どうだい？　透花だってそんな風に聞かれたら言えないことの一つや二つあるだろう。大したことじゃないかもしれないけれど、当人たちにとってはできれば触れてほしくないこともあるものだよ。だからそんな怖い顔せずに、改めてこれから三人仲良くしていけばいいじゃない。ね？」

「う、うん……」

課長はチラリと俺を見て、静かにうなずいた。

「さあさあ、今日はせっかくの休日だ。天気もいいし、高校生諸君は二人でデートでもしておいで」

「デートって！　バカなこと言わないでよお兄ちゃん！」

「あはは、ごめんごめん。下野くん、実のところ僕はこんな怖い妹と一緒にリビングにいたくないんだ。申し訳ないが透花をどこか遊びにでも連れてってやってくれないかい？」

そう言って唯人さんはいつもの爽やかスマイルに戻り、スマートなウィンクをしてみせた。

「ふん、バカじゃないの！　あームカつく！　もういいわ、行きましょう七哉くん」

課長は顔を赤くしながらそそくさとリビングを出る。

「あ、課長！」

それを追おうとソファから立ち上がった俺に、唯人さんがちょいちょいと手招きをした。

「さっきの、上手《うま》くいったね下野くん」

「さっきのって、あの秘密がなんたらってやつですか？」

「うん、この前に下野くんが勧めてくれた怖い深夜アニメあるだろう？　女の子が鉈《なた》を持ってくるやつ。あれの、有名だって教えてくれたシーンが使えるんじゃないかと思ってね、ちょっとマネをしてみたんだよ。さすがにアニメの女の子みたいな迫力は出なかったけれど、案外なんでも試してみるもんだね」

「え、じゃあ秘密があるって聞いたのは、なにか感づいていたからとかじゃないんですか」

「適当だよ適当。カマかけってやつさ。人間てのはやましいことがなくても、いざ秘密はないかなんて聞かれると変に深読みして不安になるようだね。僕が最近勉強しているメンタリズムにも使えそうだから、そういう研究の論文がないか今度調べてみるよ」

　楽しそうに話す唯人さん。

「ちょっと俺もドキドキしました」

「あはは、ちゃんと打ち合わせでもしとくべきだったね。君から透花についての相談を受けていることは絶対に言わないから安心してね。ほら、あんまり遅いとまたうちの怖い妹に怒られるから行っておいで。頑張るんだよ下野くん。いい休日を」

「はい、ありがとうございます、唯人さん」

　俺は唯人さんに挨拶《あいさつ》をしてそのまま課長の待つ玄関に向かった。

一時はどうなるかと思ったけれど、やっぱり唯人さんっていい人だなあ。

◆

「ねえ、七哉くん、お兄ちゃんのあれ、どう思う？」

「秘密の件ですか？」

「うん、そう。タイムリープのことバレてるのかな……？」

課長の家を出た俺たちは近くの定食屋で昼食を取っていた。

時刻は十二時半。店の入り状況は繁盛《はんじょう》というほどでもなく、閑散《かんさん》としているというわけでもない。古びた雰囲気が落ち着く小さな個人店だ。

「さすがにそれはないんじゃないですか？」

俺は頼んだ肉野菜炒《いた》め定食を食べながら課長に答える。ちなみに課長はさば味噌《みそ》煮《に》定食。

ていうか、定食屋で昼食取る高校生なんて俺たちくらいのもんだろう。まわりはみんなサラリーマンっぽい中年男性ばかりだ。でも、この雰囲気が落ち着くんだよなあ。

「そりゃあ、タイムリープなんて超常現象を信じるような人じゃないけど。勘だけは鋭いから」

同意。唯人さんの観察眼と推理力は侮《あなど》れない。

さっきはカマかけなんて言っていたけれど、実際のところ、なにかに気付いてはいるのかもしれない。

かといって、課長の言う通りタイムリープなんて超常現象を信じる人間は唯人さんでなくとも、そうそういないだろう。

「俺も当事者じゃなければタイムリープなんて信じませんからね。普通はわかりませんよ」

「まあ、そうよね。どうせ適当にカマでもかけたんでしょうね。あーあ、見事に引っかかっちゃったわ」

「あはは……」

立場上、苦笑いしかできないので、誤魔化《ごまか》すようにお冷《ひ》やを口に運んだ。俺と唯人さんの関係に対しては溜飲《りゅういん》が下《さ》がっているようなので、ヨシとしようか。

「そういえば、今日の七哉くん、なんか高校生らしい格好してるわね」

さば味噌煮に七味唐辛子《しちみとうがらし》をガポガポかけながら課長が言う。この人なんにでも七味かけるな。

「そうですか？」

俺の格好といえばグレーのパーカーに黒い薄手のスタジャンを羽織《はお》り、下はこれまた黒のスキニーだ。パンツは唯人さんのマネをしてる。

「うん。っていっても、七哉くんの私服ってタイムリープしてからしか見てないけど」

「まあ、家には高校生のときの服しかありませんからね。高校生らしいと言われたら確かにそうかもしれません。変ですかね？」

「ううん！　違う違う、そういう意味じゃなくて、そ、その……かわいいよ」

「あ、ありがとうございます」

かわいい……かわいいか。

世の男子諸君に聞いて回りたいのだが、かわいいってどっちなんだろうか。

かっこいい——これは確実に喜んでいい褒《ほ》め言葉だろう。

しかし、かわいいはかなり微妙なラインだ。

褒め言葉なのはわかる。わかるが、男として喜んでいいのか。

特に年上女性から言われる、かわいいは、ある意味で脈なし宣言とも取れないだろうか？

いや、なんでもすぐ悲観的に考えるのは俺の悪い癖《くせ》だ。

確かに新人事務の前島《まえしま》ちゃんは二次会あたりでしょっちゅう俺に「下野さんてなんか、かわいいですよねー。ほっぺたぷにぷにだしー」なんて酔っぱらいながらほほをツンツンしてくるくせに、店を出てからは、そりゃまあしっかりとした足どりで係長と二人、どこかへ消えていく。やつの「かわいい」に浮かれるほど俺はバカじゃない。断じて浮かれていない！

だからこそ、そんなあざとい女子をたくさん見てきた俺にとって、かわいいという言葉はつい敏感に反応してしまう言葉であるのは間違いない。

だが、さっきも言ったけれど、なんでも悲観的に考えるのはよくない。

課長が俺のことをかわいい部下と見てくれているのは確かだ。確かだが、イコール俺にまったく脈がないというわけでもないだろう。

なぜなら……なぜなら課長は俺を抱きしめてくれたのだ！

ああ、今でも忘れられない。

あの温かさ。

優しい香り。

思ったよりもずっと華奢《きゃしゃ》で柔らかな体……。

二人だけの夏の思い出。

こんなもん、普通は脈あるだろ！

絶対に両思いだろ！

そう考えると、タイムリープしてから課長が妙にデレデレしてきていたことも辻褄《つじつま》が合う！

つまりあれは俺をからかっていたのでなく、課長なりのアピールだったのだ！

厳しい女上司が高校生に戻ったら俺にデレデレする理由はそういうことだったのだ！

……って思いたいけど相手はあの恋愛無頓着《むとんちゃく》の堅物課長。そして俺自身がドジばかりのダメダメ部下。

どうしても悲観的になってしまう。

今回のこの「かわいい」も部下に対するかわいいじゃないか？　「かっこいい」なら部下に対して言わないだろうが、「かわいい」は十分ありえる。

花火のときは？

頑張った部下を労《ねぎら》う上司……。成立する。

しかも、二学期に入ってから数日間、課長はなんだか俺を避《さ》けていた。

マジでわからん。

課長が俺を抱きしめてくれたのは部下として？

それとも俺のことを好きでいてくれているから？

ハッキリさせたい。

もし、後者なら、今この場で課長が言ってくれた「かわいい」も彼女の素直な感想に違いない。

つまり、課長は俺に本音で接してくれている。

ならば俺も課長を褒めよう。

課長の今日の格好はえんじ色したハイネックのニットにチェック柄のロングスカート。

課長の大人っぽさと高校生らしいキュートさが見事に融合している完璧なハイブリッドコーデ。

別に俺は見た目だけで課長に惚《ほ》れているわけではない。
だけど、目の前にいる天使のような課長が美しいという事実は変わらない。
俺がありのままの気持ちを告げたら、はたして、どんな反応をするのか。
それが課長の素直な気持ち。
彼女の本音だ。
「課長もとても素敵ですよ」
あまり装飾しても嘘《うそ》っぽく聞こえるだろう。
シンプルに、伝えるだけ。
七味の容器を振っていた課長の手が止まった。

「はあ？　バカじゃないの」

うん、ですよねー。
くそおおお！
やっぱり俺はただのかわいい部下じゃねーか！
いや、こんな冷たい反応、かわいいすら怪しくなってきたぞ！
課長にとってはあれだ、俺なんか道端で見かけるノラ猫なんだ！

撫《な》でてあやすことはしたいけれど、かといって、あとを付いてこられると困る。

それくらいの感覚なんだ！

くそくそくそおおおおお！

「それより、このあとどうする？」

課長が大量に七味がかかったさば味噌煮を箸《はし》で器用に割《さ》きながら言った。

「このあと、って言いますと？」

「だからこのあと、どこ行こうかって話。ほ、ほら、一応お兄ちゃん曰《いわ》く、これデートなんでしょ」

「デート……」

「たまにはゆっくり二人で遊ぶのもいいじゃない。ね、七哉くん」

ちょっと照れながら課長は笑った。

会社でも見たことないその笑顔に、俺はつい見惚《みほ》れてしまう。

ああ、なんて小悪魔な人なんだ。

俺には彼女の考えていることなど、やはりわからない。

だけど、この人に翻弄《ほんろう》されるなら、それも悪くない。

◆

やってきたのは駅前にある少しさびれたゲームセンター。外観は古くとも新しい筐体《きょうたい》も多く、学生たちに人気のスポットだ。

店内の奥に設置されたプリクラ機の前で、ゲームセンターの騒音に紛《まぎ》れながら俺と課長は印刷中のプリクラが出てくるのを待っていた。

「まさか課長がプリクラ撮りたいと言うなんて、意外でした」

「いいじゃない別に。私プリクラって一回も撮ったことないのよ。せっかく女子高生に戻ってるんだから、経験くらいしときたいのよ」

「あはは。あ、出てきましたよ」

仕上がったプリクラを手に取り、俺は課長のほうへ向けた。

「見せて見せて！」

はしゃぎながらグッと俺の隣へ寄る課長。柔らかい肩が自然とぶつかる。

「十一年前でもけっこう綺麗《きれい》に撮れるんですね」

「本当ね。って、この七哉くんの顔なによー。目が半開きじゃない。あはは」

「そういう、課長こそ、こっちの見てくださいよ」

「キャー、ぶさいく！　見ないでー」

「てか『ちゃんと仕事しろ』って文字なんですか。こんなところにまで書かないでください！

公私混同《こうしこんどう》ですよ！」

「ふふふ、常に私はあなたを監視してるのだ！」

「もー勘弁してくださいよー課長ー」

「こら、課長って言うなー」


あー…………なんだこれ！


かわいいかよ！

なんだよこの人！

かわいすぎるよ！

てか、めちゃくちゃ幸せだよ！

なんか幸せすぎて逆に怖いよ！

最高の高校生ライフじゃねーか！

課長って言うなーって言いながら肩でグリグリするのやめろ！

死ぬぞ俺が！

「あれ、なにかしら？」

一人でテンション上がっている俺をよそに、課長がフロアの中央辺りにできている人だかりを指さして言った。その集団からはときおり、「おお……っ」と、低く小さな声が漏《も》れてくる。

「ああ、格闘ゲームですね。筐体の周りにいる人たちは通称ベガ立ちと呼ばれる観客みたいなもんです」

「詳しいのね。七哉くんってゲーム好きなの？」

「ええ、格ゲーはけっこうやります。一時期オンラインのＲＰＧゲームなんかもやってましたよ。そっちは性に合わなかったのか、自然と中学のときにやめちゃいましたが。課長はゲームなんてやりませんよね」

「なに言ってるの。私ゲーム好きだし、得意よ」

「え⁉　そうなんですか⁉　意外だな。どんなゲームが好きなんですか？」

「マインスイーパーにソリティアでしょ？　ああ、スパイダーソリティアのほうも好きよ」

全部Ｗｉｎｄｏｗｓ標準装備のゲーム！

「テトリスとかぷよぷよも得意ね」

なんかかわいいな！

「パズル系が好きなんですね」

「うん！」

やっぱりかわいい！

「人だかりができるってことは誰か強い人でもいるのかしらね。七哉くん得意なら挑戦してみたら？」

「んー、まあ正直久しぶりにやりたいなあ、なんて思ってたんですが、いいですか？　課長見てるだけになりますけど」

「いいよ！　七哉くんがゲームしてるとこ見てみたいし」

ああ、なんかかわいすぎて、課長が彼女だったらという叶《かな》わぬ虚構《きょこう》にすがり付きたくて泣きたくなってきた。

プリクラのエリアから格闘ゲームのところまで来てみると、ちょうど挑戦者側の負けが決まったところだった。

次に誰も座る様子がなかったので、俺は投入口に百円玉を入れながら席に着いた。

このゲームは当時もやり込んでいたゲームだ。シリーズ自体も息の長いナンバリングだったため、二十代後半まで触《さわ》っていたからブランクもほとんどない。

課長にいいところを見せたい俺は初っ端《しょぱな》からメインキャラを選ぶ。

キャラ選択が確定したところで画面に乱入のカットインが入った。

相手キャラは……重量級の投げキャラか。

俺のキャラとは相性《あいしょう》的にこちらが微不利ってとこだが、大した差じゃない。

スティックを握り、深呼吸をしたところでファーストラウンドが始まった。

しばらく様子をうかがいながら間合いをはかる。投げキャラはコマンド投げという必殺技を持っていて不用意に近づくと大ダメージを食らうからだ。かといって、俺のキャラも飛び道具を持っているわけじゃないので、近づかなければ攻撃ができない。相手の隙《すき》をついて前ダッシュで一気に距離を詰める。

通った。

俺の攻撃が相手のガードを崩す。そのままコンボにつなげる。重量級キャラは体力が多いので一回のコンボじゃそこまでダメージを与えられないが、これを何度も繰り返せば勝てる。そして、あっという間に相手キャラの体力は赤ゲージ、つまりあと一回のコンボで終わるところまで来ていた。

んー、思ったより弱いというか……システムを理解していない初心者の動きだな。ガードや投げ抜けの基本がわかっていない感じだ。

けれど画面上部に表示されている連勝記録は『13ＷＩＮ』である。どうやって十三回も勝ち続けたのか。

そんな余計なことを考えていたのが油断となったか、ここで初めて相手のコマンド投げ……通称コマ投げが決まった。俺のキャラは体力が低いほうなので一気にゲージが削られる。

いけないいけない、と気を取り戻した瞬間、前ジャンプで一気に相手が距離を詰める。俺はすぐにバックステップで再び距離を取ったが、まったく同時のタイミングで相手も前ダッシュしていた。そして体力が残りわずかのときだけに使える超必殺のコマ投げを食らう。

気付けば、体力差はほとんどなくなっていた。

こいつ……センス型か……。

格闘ゲームには無数の駆け引きが生まれる。どんなに知識や技術があろうと、この駆け引きの読み合いに負ければダメージは通ってしまう。

そして読み合いに必要なのはゲームセンス。

おそらく動きからみて相手は素人《しろうと》だろう。しかし、相当なセンスを持っている。

特にコマ投げのような大ダメージを通すにはこのセンスというものがかなり必要だ。

逆を言えば、センスがあれば一気に勝利まで持っていけるのがコマ投げキャラの強み。

あと一回でもコマ投げを通してしまえば、俺の負けになるだろう。

素人と思って侮っていた。

万事休すか……。


「七哉くん頑張って！」


ああ、そうだった。

俺には負けられない理由がある。

勝利の女神が付いているのだから。

その女神に恥《はじ》をかかせるわけにはいかないよな！

スティックを握る俺の左腕に彼女の思いが熱くなって燃えたぎる！

ボタンを叩《たた》く俺の右腕に彼女の優しさが包み込むように勇気をくれる！

透花のために俺はこんなところでつまずいてる暇なんてないんだぜ！

いくぜ七哉！

これが俺の無限の力だ！

うおおおおおおおおおおおおおおおおおお！


――YOU　LOSE――


「負けたぁ……」

「大丈夫、七哉くん？　顔が真っ白だけど」

「すみません、課長……俺は勝てませんでした……。こんな役立たずな俺を、ダメな部下だと罵《ののし》ってください。ううううう」

「泣くほどのこと⁉」

席から離れ、膝を屈しながら俺は己《おのれ》の不甲斐《ふがい》なさを嘆いた。

まさか1ラウンドも取れずに敗北するとは。2ラウンド目なんて完全にひよってほぼ完封されていた。一番情けない負けパターンである。

ああ、どうしていつも俺はこうなんだ。

「ほら立って七哉くん。ゲームやってるとこ見れて楽しかったよ」

「か……課長ぉおお」

なんて優しいんだ課長よ。あなたは聖母マリアか。


「あーあ、ビワもうこのゲーム飽きたんだケド。スタバ行きたいからカズキあとこの続きやっといて」

「え、ちょっと琵琶子《びわこ》！　ま、待って！　あ、次の試合始まっちゃう！」


俺が座っていた筐体の反対側。

数々の挑戦者をセンスだけでなぎ倒していたチャンピオンが、筐体同士の間にできた通路をたどってこちら側へやってきた。ドリルのような太いツインテールを揺らして。

「び……琵琶子先輩？」

「あれ七のすけじゃん！　ウケるんだケド！　もしかしてさっきの七のすけがやってたの？弱すぎー」

くそおおお！　こいつかよおおお！　こんなギャルに俺は負けたのかよおおお！　この人ならあのセンスも納得できてしまうのが悔しいよおおお！

左近司《さこんじ》琵琶子。

俺の通う甘草南《あまくさみなみ》高校で上條透花と並ぶ学内トップの美少女であり、地元の女子がみんな憧《あこが》れるカリスマギャル。ここが十一年後の未来であれば、おそらく、ＳＮＳのフォロワー数が万単位のインフルエンサーになっているはずだ。

あいかわらずド派手なビビッドピンクのパーカーをオーバーサイズで着こなし、綺麗に染まっている金髪は目がくらむほどに輝《かがや》いている。彼女から漂う強い香水の香りは、俺みたいな平凡男子との間に存在するカーストの壁を、そのまま体現しているかのようだ。

「あのー、琵琶子先輩。さっきのゲーム今までやったことって……」

「ん？　初めてだケド」

ちっ。

「こんなところでなにしてるんですか？」

「なんか同じクラスのカズキに今日どうしても話したいことあるからって呼び出されたんだケド、つまんないからスタバ行こうかなってとこ」

いや、それ絶対カズキって人が琵琶子先輩に告白したくてデート誘ったんじゃん。つまんないと言われるカズキさんかわいそすぎる。俺が言われているみたいで心が痛い。

「あら琵琶子じゃない。奇遇ね」

琵琶子先輩の姿に気付いた課長が声をかけた。

二人は同じ二年生。友人だ。

甘高屈指の美少女二人組のオーラでいつの間にかベガ立ちしていた観客たちが二歩ほど後退している。

「あれ透花⁉　今日大事な用事があるとか言ってなかったっけ？」

「うん、まあ、そうなんだけど。もう終わったというか……用事は終わったけど私的にはこれからが本番というか……」

「オイー、まさか七のすけと透花でデートかよー、オイー」

「な、バカ言ってんじゃないわよ琵琶子！」

「キャハハハ、透花焦《あせ》りすぎウケるんだケド！」

「も、もう！　あなたねー」

「あー面白《おもしろ》い。あ、七のすけ、ちょっといい？」

「はい？」

琵琶子先輩がふいに俺に向かって手招きをした。

「ゴメン透花、一瞬だけ七のすけ借りるわ。詫《わ》び！　すぐ戻ってくるから。七のすけ、こっち」

そう言って琵琶子先輩が人混みをかき分ける。

俺がそれを慌《あわ》てて追うと、琵琶子先輩は人気《ひとけ》のないフロアの隅に設置された自販機コーナーで立ち止まった。

そして笑顔のまま俺に、

「七のすけ、こっち。ちょっとここまで来て」

と、自動販売機の前に立つよう指示する。

「あの、琵琶子先輩……なにか？」


ドンッ!!


俺の手の甲をギリギリにかすめ、琵琶子先輩の右足が背後にある自動販売機を思いっきり叩いた。ダボっとしたパーカーの裾《すそ》からスラリと健康的な太ももが覗《のぞ》く。

あ、足ドン……？

「おい、七のすけ、なにおまえビワの透花にちょっかいかけてんだよ」

めちゃくちゃキレてるー！

「二人きりで遊んでるとか聞いてないんだケド？　まさか本当にデートとか言わないよね？」

「いえ、そんなデートなわけないじゃないですか。ちょっと用事があって、そのついでで

ゲームしようってなっただけです」

そう、このカリスマギャルは上條透花が大好きなのである！

「本当にゲームしてただけ？」

「は、はい……」

「ふーん。七のすけ、ちょっとジャンプしてみ」

「え？」

「ジャンプ」

俺は言われるがままピョンピョンと跳ねる。

「なんかカサカサ音するんだケド？　ポケットの中、見せてみ」

カツアゲかよ！

てか、ポケットの中には……。

「七のすけ、早く」

「はい！」

俺はポケットに入っていた撮りたてのプリクラを怖ーい先輩に差し出す。

「おい、これ、なんだ」

怖い怖い怖い怖い怖い！　笑顔が一切《いっさい》崩れないのが余計に怖い！

なんで俺の周りの年上女子はこんな怖い人ばかりなんだ！

「すみません、わたくし下野七哉めは、上條透花さんとプリクラを撮らせていただきました」

「ずいぶん楽しそうなプリだねえ、七哉ちゃん」

急な七哉ちゃん呼びは怖さがまた別格だよ。おじさん、女子高生怖いよ。

「ビワも撮る」

「へ？」

「ビワも透花とプリ撮るって言ってるんだケド！」

「はい！　撮りましょう！　課長と琵琶子先輩で仲良くプリクラ撮りましょう！」

「よし、行くぞ七のすけ！」

「承知しました！」

さすが、ギャルのノリ。展開が早いぜ。

駆け足で俺と琵琶子先輩は課長の元へと戻る。

「あ、帰ってきた。どうしたの急に」

「いえ、大したことじゃありません。それより琵琶子先輩が今からやりたいことがあるらしくて。ね、琵琶子先輩」

「……」

返事がないので琵琶子先輩を見る。

ポケットに手を突っ込んでスンと澄ましている。

このギャルめ……。

いい加減、俺もこの人の性格は把握しているので、この状況がいったいどういうことなのかすぐに察した。

どうせ自分からプリクラを撮りたいと言うのが恥ずかしいから俺に言えってことだろう。

ほら見ろ、彼女の右足が俺のふくらはぎを蹴《け》りだしたぞ。早く言えという合図だ。

まったく、手のかかるジャジャ馬娘め。

「なんか琵琶子先輩が一緒にプリクラ撮りたいみたいです」

「はあ？　別にビワはプリなんて撮り飽きてるし、どうでもいいんだケド。まあ、七のすけと透花が、どーーーーしても撮りたいって言うなら撮ってあげてもいいってワケ」

マジで課長と仲良くなってもツンデレは治らないんだなこの人は、まったく。

「え、プリクラ⁉　うん！　撮ろう撮ろう！　琵琶子と一緒にプリクラ撮りたい！」

こっちはこっちでプリクラの楽しさに目覚めちゃってるじゃねーか！　女子高生通り越して女子小学生かよ！

「そ、そう？　じゃあレッツゴーだね！」

まあ、あからさまにテンション上がっちゃって。

「琵琶子先輩、撮るならあそこで対戦に負けて落ち込んでるカズキさんも誘いましょうよ」

落ち込んでるのは他《ほか》の理由もあるだろうけど。

「えー、なんでー」

「なんでじゃありません！　一人でかわいそうでしょ！　ほら、誘ってきて」

「なんか七のすけ保護者みたいでムカつくんだケド、ウケる。わかりましたよー」

しぶしぶと琵琶子先輩は筐体の奥でドヨンとしているカズキさんの元へと向かった。カズキさん、俺はあなたの味方ですよ。モテない男同士、頑張りましょう。

そんな琵琶子先輩を見送っていると、課長がチョコチョコっと俺の横に来て肩をツンツンと人差し指でつついた。

そして穏やかな笑みを浮かべて俺に言う。

「デートはここまでだね。残念」

周りの雑音が一気にシャットアウトされるくらい、俺はその笑顔にドキドキしてしまった。

→ 上條透花さんの日記　　非公開

← 以前の日記

上條透花の鍵アカmixi日記　【社会人2年目】

5月4日　月曜日

明日は下野くんの誕生日

十二時ピッタリになったらお祝いメール送ってみようかな……(*'ω'*)

でも、連休中に会社の先輩からメールなんて来たら

下野くん嫌がるかなぁ(´・ω・`)

でもでも、連休入る前に誕生日の会話したし、別に自然だよね(*'ω'*)？

でもでもでも、入社一ヶ月の子に対して馴れ馴れしすぎるかも(´・ω・`)

でもでもでもでもでも！

ああーどうすればいいのおおお。･ﾟ･(ﾉД`)･ﾟ･。

第2章

年下女子はお嫌いですか？

Why is my strict boss melted by me?

翌日。

俺《おれ》の地元は久しぶりに最高気温が三〇度を上回り、夏の延長を思わせるような蒸《む》し暑さだった。

移動教室から戻ると、一足先に帰っていた幼馴染《おさななじ》みの中津川奈央《なかつがわなお》が、教室の隅で床に腰をつけながら、とろけそうな表情を浮かべていた。そして、いきなり穿《は》いていた厚めの黒タイツを脱ぎだし、

「あっつ～い！」

ポイっと投げ捨てる。

「こら、やめなさい！　みんながいるところで、はしたない」

俺はすぐさま無造作に放られた脱ぎたてほやほやのタイツを拾う。

「だって暑いんだもーん」

「ちゃんと朝に天気予報見て気温を確認しないからだよ」

タイツのことはよくわからんが生地《きじ》の厚さでそこらへんは調節できるだろうに。

「七哉《ななや》おじさんくさーい。説教はんたーい」

「だまらっしゃい。ったく、暑いなら教室の窓くらい開けなよ」

俺は生温かい奈央のタイツを丸めてから座っている持ち主のもとへ投げてやり、そのまま換気のために窓を開けにいった。

「あ、課長」

この一年七組の教室からは窓越しに昇降口《しょうこうぐち》が見える。そこに学校指定のジャージを着た課長の姿が目に映った。

次の授業、体育なのかな？

ジャージ姿の課長かわいいな。

俺が窓を開けジッと見ていると、向こうもこちらに気付いたらしく、目が合う。

彼女が小さく手を振る。俺もペコリと軽く会釈《えしゃく》した。

あー、かわいい。

かわいい、かわいい、かわいい！

かわいいよ課長！

「どうしたの七っち、一人でニヤニヤしちゃって」

いつの間にか隣に来ていた親友の田所鬼吉《たどころおにきち》が俺の顔を見て言う。

「うお、鬼吉か」

「そうです鬼ちゃんでーす！　ヒュイ！　お、ジャージ姿の透花《とうか》だ。なるほど、それでニヤニヤしてたんだな七っち～」

「そ、そんなんじゃないよ」

「ヒュイヒュイ～」

「またまた～みたいな言い方でヒュイを使うな！　万能すぎるよその言葉！」

あいかわらずのギャル男ノリだ。

一度目の高校時代では高二からギャル男になった鬼吉だが、俺と課長がタイムリープしてきたことでなにか影響を与えたのか、すでにノリノリのギャル男になっている。

隅でタイツを顔にのせながらうなだれている奈央も、本来もう少し胸のサイズが小さかったはずだが、少しばかり巨乳になっている。

俺と課長はいわゆるバタフライ効果ってやつじゃないかと解釈したが、まあ、つまりは未来は不変でなく、頑張れば俺もあのかわいい課長と恋人になることだって……。

なることだって……。

できるのだろうか。

「できるさ」

鬼吉が肩を叩《たた》いた。

「え⁉　エスパー⁉」

「なんか七っちが透花と釣り合うことなんてできるのかなっていう顔してたから。七っちならできるさ。だって七っちは最高の男だぜ？」

「鬼吉……おまえってやつは……」

「七っち……」

窓から入る風に揺れたカーテンの前で、俺と鬼吉は見つめ合った。

「まーたやってるよ、あの二人」

なんかうるさい巨乳の声が聞こえるが無視。

そんな男同士の青春をしていると、ポケットに入っている携帯がブブブッと短くバイブする。

「ん、メールか」

俺はパカパカのガラケーを開き、メールを確認した。

電話帳には登録されていない、知らないアドレスからだ。

スパムとかじゃないよな、と警戒しつつも、メールフォルダを開いてみる。

『マロンです』

タイトルを見て記憶の奥底でなにかが引っかかりながら、そのまま本文を読む。

◇

お久しぶりですセブンナイトさん
マロンです
お元気ですか?
アドレスを知っているフリーメールでも
よかったんですけど
迷惑フォルダに入って
気付かないかもと思い
キャリアメールに
送らせてもらいました
こっちのアドレスは
団長に教えてもらいました
勝手にすみません
団長から今度オフ会をやろうと
提案があったので

セブンナイトさんも誘いたくて
メールしました
もしよかったら
参加してもらえるとうれしいです
お返事待ってます

◇

冒頭の挨拶《あいさつ》を読んだ時点で、俺はすべてを思い出していた。

マロン……。

俺が中学生のときにやっていたオンラインＲＰＧゲーム。そこでパーティを組んでいた仲間の一人だ。

パーティを組むと言っても、俺はそこまでやり込んでいたわけでもなく、中学時代の二年間ほどで抜けてしまい、付き合いは浅い。しかもやり取りはオンラインのみ。

そのオンラインのみの付き合いから、直接会ってみようかっていうのが、いわゆるオフ会なのだけれど、十一年前の九月、確かに俺はこのオフ会に誘われ、参加した記憶がある。

オフ会は楽しかった。

楽しかった、のかな？　十一年前だから曖昧《あいまい》だが、悪いイメージは残ってない。

そう、オフ会自体はなんら問題なかったのだが……。

「おい、下野《しもの》チャイム鳴ってるぞ。早く座れ」

担任であり国語の教科担当でもある林《はやし》先生から声がかかる。

気付くと教室で立っているのは俺だけだった。

「すみません！」

俺は、すぐに席に着く。

「へへへー、ドジ七哉～」

「中津川も何度言ったらわかるんだ。シャツのボタン閉めろ」

「えー、だって暑いんだもーん先生」

「……まあ、確かに今日は少し暑いな。じゃあ、せめてあと一つだけボタンを閉めなさい」

「はーい」

「今日は小テスト用意してるからなー。全員、集中して取り組めー」

始まる授業。

残念ながら、俺はメールのことで頭がいっぱいで、授業に集中することはできなかった。

おそらく小テストの結果は悪かったことだろう。

◆

いつものように食堂でさぬきうどんを注文した俺はおぼんを運びながら十一年前のことを思い起こしていた。

メールの差出人、マロンさん。彼女と初めて会ったのは誘いがあったオフ会だ。

早々にゲームをやめてしまい、気まずく感じていた俺を、パーティの面々は優しく迎えてくれた。とても気さくな人たちだった。

マロンさんも例に漏《も》れず、親切な女の子だった。

確か俺の一つ下、中学三年生。

声優さんみたいな癒《いや》し系の声をした、おとなしい女子だ。

いつもうつむき気味で前髪も長かったのでハッキリと顔の細部までは思い出せないが、初印象ではかわいい子だなと少しドキッとしたことは覚えている。

そのマロンさんから再び来たオフ会の誘い。

二度目の高校生活なのだから、歴史通りにメールが来るのは当然なのだが、俺はそれを今の今まで忘れていた。

いや、思い出さないようにしていたのだ。

なぜなら、十一年前、俺は彼女を振ったからだ。

オフ会からちょうど二週間後。俺は人生で初めてデートに誘われる。

相手はこのメールの差出人のマロンさんだ。行き先は東京タワー。

高い所のフワフワした感覚と相まって、終始、浮《うわ》ついていたのを覚えている。

そして、そのさらに二週間後。

俺の学校で開かれた文化祭で、彼女から告白された。

二十七年間でただ一度、奇跡の一回、下野七哉が女性から好きだと言われたのだ。

そして、あろうことか俺は、その奇跡の一回を断ったのだ。

この話を大学時代、友人たちにしたら、みんな決まって、

「それを断るようだからおまえはモテないんだ」とか「その子と付き合って女子との距離を勉強していれば、少しは人生変わってたかもな。女心のわからないおまえに訪れた唯一のチャンスを逃したんだよ」とかまあ、過去の話に対してでも、容赦《ようしゃ》なく辛辣《しんらつ》な言葉を返してきていた。

わかってるよ！

俺がモテないのは女心に疎《うと》い自分のせいだってことくらいわかってるよ！

そんでもって、そんな俺に唯一告ってくれたマロンさんを振るとか生意気にもほどがあるって！

確かにあのとき、マロンさんと付き合っていれば、女子の気持ちを理解できる大人になっ

て、こんなこじらせ童貞の人生送ってなかったかもしれない。

けどしょうがないじゃん！

課長が好きだったんだもん！

俺が好きだったのは上條《かみじょう》透花なんだもん‼

ちなみに、これも友人に話すと、

「叶《かな》わない恋を追いかけるのは一途《いちず》と言わない、ストーカーって言うんだよ下野」とか「漫画の読みすぎ。あと、おまえただ年上好きなだけでしょ？」とか、本当にこの人たち友人なんでしょうか？

そして、俺はこの話を記憶の奥底に封印した。

こんなダメ男を好《す》いてくれた子を振ってしまったという重責、俺には背負いきれなかったのだ。

うどんを運びながら無意識に空《あ》いている席に座った俺は、そのまま携帯を取り出し、例のメールをもう一度、確認する。

このオフ会に参加したら、また彼女を傷つけてしまう。

ならば、いっそ、その種《たね》である出会いの歴史から改ざんしてしまえば、彼女が俺に思いを寄せることもないだろう。

そもそも、モテない俺がいたいけな中学生から好意を抱かれること自体、おかしな歴史なのだ。

よし、断りのメールを入れよう。

そう思ったとき、俺の握《にぎ》っていた携帯電話がヒョイと宙に浮かんだ。

派手な爪色《つめいろ》をした綺麗《きれい》な指が、クレーンゲームみたいに俺の携帯を運ぶ。

「さっきからなに深刻な顔してケータイ見てるワケ？」

いつの間にか俺の隣に琵琶子《びわこ》先輩が座っていた。

いや、テーブルの食器を見るに、だいぶ食事も進んでいるので、俺が気付かぬまま彼女の横へと座っていたらしい。

琵琶子先輩は体ごとこちらを向き、大胆に足を広げている。なまじスカートが鬼のように短いもんだから、薄い黒ストッキングに包まれた無防備な太ももの先に、見えてはいけない生地が僅《わず》かに浮かび上がっている。

ストッキング越しなので確かではないが……紫……紫⁉

「なに……？」

携帯を奪い取った琵琶子先輩が冷たい目でこちらを睨《にら》んで言う。

「いえ！　琵琶子先輩はさすが奈央と違って、計画的に気温を考慮した服装を選んでるなと思いまして！」

「は？　意味わかんないんだケド」

「ストッキングの話です！」

「アホか！」

バンッ！　とスネを思いっきり蹴《け》られた。

「すみません！　てか、携帯返してください！」

「は？　やだケド。なになに――オフ会の誘い……七のすけ。オフ会ってなに？」

「ネットで知り合った人たちと集まって、直接会うことです」

あー、なんかややこしいことになりそう。

「七のすけ、出会い系やってんの？　ウケるんだケド」

「出会い系じゃないですよ！　オ・フ・会！」


カーンッ！


向かいの席で、硬い金属が落ちたような音が鳴る。

そちらを見ると課長が猫みたいに瞳孔《どうこう》を小さくしながらこちらを見ていた。皿の上には転がるスプーン。

「七哉くん……出会い系なんてやってるの？」

「課長!?　いつからそこに！」

「あなたが琵琶子のストッキングがなんたら言ってるときにはすでにいたわよ！」

「てか、もともとビワと透花でご飯食べてたとこに七のすけが来たんだケド。爆笑」

な……！　最初からいたってこと⁉

どんだけ俺はボーッとしてたんだよ。

「それより出会い系やってるの！　そういうのは私許さないわよ！」

「そうだぞ七のすけ！　エッチなのはビワも許さないぞ！」

「だからやってねーよ！　オフ会だって言ってんだろーが！　課長もオフ会くらい、言葉の意味わかるでしょう⁉」

「どっちにしろオフ会って、なんか有名なユーチューバーとかがファンの子たちとやらしいことするやつでしょ！」

それはオフパコな！　どんだけ偏《かたよ》った知識持ってんだよ！　ユーチューバーの人に謝りなさい！

「だってこの前、アカヒトって人がその様子の動画上げて炎上してたわよ！」

「あれはヤラセ動画ですよ！　どこに本当のオフパコ動画上げるユーチューバーがいますか！　てか、課長がアカヒトみたいな炎上系知ってるのが意外だよ！」

「ウケる。さっきから二人ともなに言ってるかわかんないんだケド。結局オフ会ってなんなワケ？」

それはさっき説明したんだよ。説明した上でこれなんだよ。

しかたない。もっと具体的に説明するか……。

「俺が中学生のときにやっていたネットのゲームがあって、そこで知り合った仲間と今度実際に会ってみようかって話です」

「へー、つまり合コンってワケ」

「ああ、もう！　ものは言いようだな！」

勘弁してくれ。ほら、課長がこちらを鬼の形相《ぎょうそう》で睨んでるじゃないか。

「なんか、楽しそー。それ、ビワも行くわ」

「は？」

「透花も行くっしょ？」

「いやだから、は？」

恐る恐る課長の顔を見る。

「……」

なんか顎《あご》に手を当ててちょっと真面目《まじめ》に悩んでる！

「いや、課長そんな悩むことじゃ……。琵琶子先輩も冗談言ってないで携帯返してください」

俺が琵琶子先輩から携帯を奪い返すために四苦八苦してると、課長が決意を固めたかのような口ぶりで声を発した。

「行くわ」

「は？」

「オフ会、行きましょう！」

いやだから。

は？

オフ会ってそういうところじゃないんですけどー!!

◆

迎えた週末。土曜日の午後一時。

電車に一時間ほどのり、着いた駅で、俺はメールに書かれた住所を確認していた。

オフ会は十一年前と同じく、この駅にある少し大きめのカラオケ店でやるらしい。

さすがに細かい位置までは覚えていないので、参加の返答をしたあとに送られてきた開催内容の詳細を見ながら目的地へ向かう。

「はあ……」

結局参加することになってしまった。

それはつまり、この歴史でもマロンさんと出会うということ。

「七のすけ、なにため息ついてるワケ？　これからパーティーなんだからテンション上げてきなって感じなんだケド」

「琵琶子、今さら冷静になって考えたんだけど、私たちってこのオフ会に参加していいのかしら？」

歴史と違うのは、なぜか、この甘草南《あまくさみなみ》高校トップ美少女二人組が付いてきているということだ。

「へーきへーき。団長に連絡取って許可もらったから」

彼女が言っている団長とはこのオフ会の主催者でもあり、パーティをまとめていた人物のことだ。

数日前。なんだかんだで、常識的な思考も持っている琵琶子先輩は、事前に主催者の許可を取っておきたいと、俺から団長の連絡先を聞き出し、その場で電話。そして、チートみたいなブッ飛んだコミュニケーション能力であっという間に団長と仲良くなり、オフ会への参加許可をもらった……。

マジでバケモンかよ左近司《さこんじ》琵琶子。

目的のカラオケ店は駅から五分ほど歩いた先にあった。

俺たちは中に入り、受付の店員に予約していることを伝える。

どうやら他《ほか》のメンバーはもう先に来ているらしく、部屋番号だけを言われ、そのままエレベーターにのり込む。

「初めての合コン楽しみなんだケド」

「だから合コンじゃないって何回言えばわかるんですか。ってか意外と合コンとかしたことないんですね琵琶子先輩」

「まー、なんか大学生の知り合いからしょっちゅう誘い来るケド、ビワって年上あんま好きじゃないじゃん？」

「いや、知りませんよ。年上好きじゃないとか今、初めて聞いたわ」

そしてやっぱり大学生から誘いとかたくさん来てるんだな。モテる女は違うな。

「でも今日は七のすけの友達だし、団長もタメらしいから全然ヤじゃないんだケド」

「はいはい、そうですか。もし今後『本当の』合コンとか行くことになっても、課長誘って行くのだけはやめてくださいよ。課長そういうの嫌いなので」

もしこの二人が合コンに来たら男側はテンション上がりまくるだろうしな。めちゃくちゃアタックされるに違いない。それだけは許さん。

「は？　なに、俺は透花のことよく知ってますアピールしてんの？　そんなの七のすけに言われなくてもわかってるんだケド」

「ならいいですけど」

「私、合コン別に嫌いじゃないわよ。むしろ、積極的に参加するし」

「「え⁉」」


「私、小さいときから歌うのが好きなの。合コンってあれでしょ、合唱コンクール！」

「「……」」

「あはは、なーんちゃって！　冗談よ冗談。面白《おもしろ》かった？」

「……ちっ、驚かせるなよ、ムカつくわ。透花ギャグセン低いんだから、そういうのヤめな」

「え、ダメ⁉　カラオケと歌もかけてるんだけど！　ほら、今カラオケにいるでしょ？　合唱コンクールと、ね！」

「課長ガラにもないことしないでください。そういうのは奈央とか琵琶子先輩がやるんで」

「なによ！　私だってたまにはユーモアあるとこ見せたっていいじゃない！」

「ユーモアって言い方がもう真面目ちゃんの無理してる感が出ちゃってるんだケド」

「別に無理してないんですけど⁉」

「あ、着きましたよ。ほら課長、もうこのことは忘れて、行きましょう、ね？」

「ちょっと、なによその腫《は》れ物《もの》に触《さわ》るような扱い！　そんなにダメだった⁉」

エレベーターの扉が開いたので、俺と琵琶子先輩は抗議を続ける課長の手を無言でつかみ無理やり連れていった。

「えっと部屋番号は四〇四ですね」

「ウケる。なんか不吉な数字なんだケド。まあ、さっき不吉なことはすでにあったケド」

「確かにそうですね」

「ううう……二人とも冷たい～」

店内は広く、四階のフロアをグルグルして、ようやく四〇四号室を見つける。

宴会用の大部屋だ。

うっすらと十一年前の記憶が蘇《よみがえ》る。

あのときも、確かにこんなところでやってたな。

俺は少し緊張しながら、再び、彼女と出会うこのドアを押した。

中に入ると見覚えのある男子二人が、ソファに座ったままの体勢でこちらを見る。

団長と……確か、一番年上のヘチマさんだ。

「こんにちはー」

と、言ったか否《いな》かのところで、もう一人、小柄な女子が俺の前まで勢いよくやってきた。

「は、初めましてセブンナイトさん！　私、マロンです！」

少し照れくさそうに言いながら彼女は顔を赤らめてニッコリ笑う。

ん？

誰《だれ》だ……？

いや、マロンさんなのはわかっている。

俺は告白された人の顔を忘れるほど最低な男でもない。

だけど、なんか記憶の中のマロンさんと違う——。

受けた違和感。その正体はすぐにわかった。

前髪が短い。

短いというか、目が隠れるまで伸ばしっぱなしだった前髪がしっかり眉《まゆ》の上で整っている。うしろや横も美容室で切ってもらっているだろう、綺麗なボブカット。

あの、うつむきがちだった印象が、まるで別人のようだ。髪型一つでこうも変わるか。

胸のサイズがワンカップ以上大きくなっていた奈央や、ギャル男デビューを一年早く繰り上げていた鬼吉の変化に比べれば、髪型が違うくらいじゃ、そこまで驚くことではないかもしれないが、正直、印象値だけで言えば一番変わっているかもしれない。これも俺たちがタイムリープしてきたことによるバタフライ効果なのだろうか。ちょっとかわいいと思ってしまった。

やはり本質的な中身は俺の知っているマロンさんのままなようで、漂う癒し系のオーラは十一年前と同じだ。

そんなマロンさんは続けて俺に向かって言う。

「あ、あ、あの、私セブンナイトさんとお会いできるの、すごく楽しみに……」

そして、途中で口が開いた状態で止まり、視線が俺の背後へと移動した。

「ど……どなたでしょうか……？」

そりゃ、パーティのメンバーが揃《そろ》っているはずなのに、さらに知らない女子が二人も部屋に入ってきたら驚きもするだろう。

マロンさんの目がぎょっと丸くなっている。

「いえーいビワだよー。よろしくねー」

マロンさんがゆっくりと後退し始めた。

苦手だよねこういう人。うん、俺もそうだった。

その様子を見ていた団長がソファから立ち上がった。

「ああ、琵琶子さんこんにちは。みんなには言ってなかったけど、セブンナイトさんの友達も参加することになったんだ。いやー、すごい面白い人でね。僕もすぐ仲良くなってさ」

「おすおすー、そゆことー」

てか団長、他の二人に言ってなかったのかよ。

「あ、あの……上條透花と申します。私も参加させていただいちゃって、よろしいんでしょうか」

このタイミングしかないと思ったのだろうか、課長が申し訳なさそうに琵琶子先輩の陰から顔を出した。

「もちろん！　話は琵琶子さんから聞いてるからね！」

団長が言う。いろいろこの人の独断で決めてるけど、本当に大丈夫だろうか。マロンさんが顔を真《ま》っ青《さお》にして課長の顔を見てるぞ。

「だ、団長、聞いてませんよ！　私てっきりパーティの人だけかと！　てか、オフ会って普通そういうもんじゃないんですか!?　ただでさえ初めてのオフ会でみんな初対面なのに！」

だよね。

すごいわかる。

友達と遊び行ったときに、勝手に自分の知らない友達呼ばれると、リア充《じゅう》側じゃない俺たちにとってはけっこうしんどいよね。

「まあ、いいじゃない。マロンさんが言った通り、みんな初対面なんだから、人数が増えても一緒だよ。楽しもうじゃないか」

そうなんだよなー。団長ってこういう人なんだよなー。思い出したわ。

けっこうデリカシーないというか、よく言えば人見知りしないリア充側の人間なんだよなー。

一方でヘチマさんはどうだろう。

彼はどちらかというと俺やマロンさんに近い性格だった気がする。

あまり賑《にぎ》やかなのは好まない……。

「え……てか、あれ甘高の上條さんと左近司さんじゃね。うわ……まじか、大学のゲー研でみんなに自慢できるわ」

おい、なんかボソボソ独《ひと》り言《ごと》が漏れてるの聞こえてるぞ。全部内容わかるくらいには聞こえてるぞ。

「団長、グッジョブ！」

もう独り言でもない。団長に親指立てて、嬉《うれ》しそうにしている。

てか課長と琵琶子先輩、地元以外の大学生にも知られてるくらい有名なのかよ。

改めてすごいな。

そんな女子が二人も揃っちゃう甘高がもう、奇跡の学校だな。

もしかして最初からこの二人のこと団長も知ってて参加の許可出したんじゃないだろうな。

結局、怪訝《けげん》そうにしてるのはマロンさんだけで、しかし、周りの空気を察したのだろう、彼女もヘタリとソファに座り、諦《あきら》めの様子を見せた。

なんだか不憫《ふびん》だ。

◆

そんな申し訳ない気持ちと共に、下野七哉、人生二度目のオフ会がスタートするのであった。

「かんぱーい！」

頼んだドリンクが到着したところで団長が開幕の音頭《おんど》を取った。

テーブルを挟んだ二列のソファに座る面々。

右側の列には奥から俺、団長、ヘチマさん。

左側には俺の正面にマロンさん、そして琵琶子先輩、課長の順に座っている。

ちなみに入り口側は女子の列。

まさか課長を下座《しもざ》に座らせてしまうとは。インターフォンは課長のすぐ脇《わき》にあり、さっきも六人分のドリンクを頼ませることになってしまった。ああ、今すぐにでも席を交代したい。あとでしっかりお詫《わ》びを入れておこう。

「それじゃあ、まずは一人ずつ自己紹介をしていこうか」

「団長、「もちろんあとで席替えありますよね？」

もちろんだよ、ヘチマさん。パーティ以外の人もいるから本名で自己紹介してこう。趣味とかも聞けるといいね」

マジで合コンみたいになってるじゃねーか！

なんか綺麗に女子と男子で列、分かれてるし！

ヘチマさんもなにヘラヘラしてんだよ！　へりくだりやがって、あんた団長より年上のはずだろ！

俺が頭を抱えていると、なにやら嫌なオーラが漂ってきた。

長年の勘でオーラの発信源をすぐに特定する。

俺の対角線に視線をやると、雪女みたいな冷たい表情で課長がこちらを見ていた。

聞こえる。

聞こえるぞ、課長の心の声が。

結局、合コンじゃないの。やっぱり最初からこうなるのが目的だったのね。

そう言っている。

さっきまで合唱コンクールがなんたらってよくわかんないギャグかましてた課長が、何年も見てきたいつもの厳しい女上司に戻っている。

違うんです。違うんです課長。

こんなの歴史にはなかったんです。

十一年前は普通に穏《おだ》やかなオフ会をして二時間程度で解散したんです。

それが、なんでこんなことに……って、課長と琵琶子先輩が来たからでしょうが！

「それじゃあ、ヘチマさんから順番に自己紹介よろしく」

「はい！　ハンドルネーム、ヘチマこと、西輝《にしひかる》です。大学二年生の十九歳。見た目がこんななので、よく名前負けしてるねって言われます。自他共に認める生粋《きっすい》のオタクであります！

も、も、もし漫画とか興味あればオススメ紹介します！」

チラチラと琵琶子先輩を見るヘチマさん。え、まさか琵琶子先輩に一目惚《ひとめぼ》れでもしたのか？　ヘチマさんは眼鏡《めがね》に坊《ぼっ》ちゃん刈《が》りで、少しぽっちゃりしてる。ネルシャツをジーパンにインしている典型的なオタクスタイルだが、それを自信持って貫いている人なので、俺はけっこう尊敬していたし、琵琶子先輩みたいな鬼ギャルを連れていったら嫌な顔するんじゃないかって少し心配していたが、……人の好みってわからないものである。

てか、鼻の下伸ばしすぎだろ。あと、十一年前はこんな流れになってないので本名を聞いたのはなにげに初めてだ。

ヘチマさんの次に立ち上がったのは隣にいた団長。

ヘチマさんと同じく眼鏡をかけているが、こちらは今風の丸眼鏡。それなりにおしゃれをしている、すらっとした体形の男子だ。

団長は腕を組んで自己紹介を始める。

「団長こと、矢敷貴弘《やしきたかひろ》、高二。まあ、みんなもう団長で定着してると思うから、呼び方はそのままでいいかな。趣味はゲームに読書。最近は自己啓発書をよく読んでるね」

ドヤ顔で団長が言う。その視線の先には課長。団長は課長がタイプなのか。当の本人は変わらず冷たい表情のままウーロン茶を飲んでいるだけで、気付いていない様子だけれど。

団長的には自己啓発書を読んでることが彼なりのアピールなのだろうか。まあ、でも課長は向上心ある人が好きなのは確かだから、あながち的外れなアピールというわけでもないのかも。

団長が座り、俺へ順番が回ってきたので、しかたなく立ち上がる。

「セブンナイトこと、下野七哉です。甘草南高校の一年生です。趣味は……」

「年上の女っしょー？」

琵琶子先輩が割って入る。

「な！　趣味は年上の女ってなんですか琵琶子先輩！　ナンパ野郎みたいな言い方しないでくださいよ！」

「だって奈央ぽんから聞いたし。オニキチも同じこと言ってたんだケド」

またあいつらは余計なことを……。

「まあ、年上の女性が好きなのは確かですけど。趣味は格闘ゲームです！　あと日曜大工。以上！」

俺は恥ずかしさを隠すために、ふてくされながら座った。

「日曜大工っておっさんかよ七のすけ。ウケるんだケド」

うるせーな。ＤＩＹなんてカッコよく言ったらそれこそバカにしてくるだろ。あと、おっさんなんだよ。

男子の自己紹介が終わったので、今度は女子の番だ。

男子と同じく手前からになる。

つまり課長。

あれ、もしかしてこれって、課長の趣味が聞ける……？

以前は、ホットヨガだのジムに通うことだの言ってたけど、それはタイムリープ直後の話だからいわば会社員時代の趣味。これは、高校生に戻った課長のプライベートを聞けるいいチャンスじゃないか？

おお、オフ会って最高！　合コンって最高！

「ほら、透花の番なんだケド。なにボーっとしてるの」

「え、ああ、私ね」

「ウケる」

考え事でもしていたのだろうか、琵琶子先輩につつかれ、課長が慌《あわ》てて立ち上がる。

「初めまして、上條透花と申します。下野七哉くんと同じ甘草南高校の二年生です。本日はゲームの仲間でもないのに急な参加申し訳ありません。よろしくお願いします」

めちゃくちゃ堅苦しいな！　てか趣味は⁉

「ちょっと透花ー、趣味も言えしー。空気読めしオイーー」

いいぞ琵琶子先輩！

団長といい、二年生は頼りになるぜ！

さあ、課長言うのだ！

なんならその趣味、俺も明日から始めちゃうぞ！

「えー……趣味とか言わなきゃダメなの？　は、恥ずかしいんだけれど」

はい、かわいい。恥ずかしがってる課長かわいい。

でも、かわいいからってなんでも許されるわけじゃないからな。早く言え。あんたの趣味を言うんだ上條透花！

「趣味くらいでなに恥ずかしがってるワケ。はよ言えしオイー」

そうだ言え言え！

「ええ……うんと……お気に入りの恋愛ソングをプレイリストにまとめることかな。仮想の音楽フェスを頭の中で開催して組み立ててるんだけれど、神セトリできたときはすっごいテンション上がるかな」

「なにそれキモ」

「なによ！　言わせといて酷《ひど》くない琵琶子！」

「じゃあ次はビワね！　左近司琵琶子、高二！　趣味はカラオケと最近フットサルとかよくやるー！」

「ちょっと無視しないでよ！」

ナイススルーだ琵琶子先輩。俺も正直ドン引きしかけて顔に出ないか心配だったからな。

もう課長の趣味の話はよそう。なにげにフットサルとかやってる琵琶子先輩が陽《よう》キャすぎてこっちはこっちで引いてるのもあるけど。

サラッと琵琶子先輩の自己紹介が終わり、残るはマロンさん。

「マロンのハンドルネームでヒーラーやってました右色小栗《うしきおぐり》です。今は、えっと……中学三年生です。趣味は……漫画を描くことです」

マロンさんこと右色小栗ちゃんが立ち上がり、言った。もちろん彼女の本名は覚えている。一応、年下だからタイムリープ前は小栗ちゃんと呼んでいた。漫画を描いているのは知らなかったが、絵が得意だという話は十一年前も本人から聞いたことがある。

小栗ちゃんは短いため息をつき、そのまま座る。

全員の自己紹介が終わったところで、さっそく団長が仕切りだした。

「じゃあ、王様ゲームでもやろうか」

「「だから合コンじゃないんですよ!!」」

俺と小栗ちゃんは同時に立ち上がり、バンッとテーブルを叩きながら叫んだ。

よしんば、これが合コンだとして、自己紹介が終わるや否や王様ゲームする合コンなんてあるか！　ないよね？　ないはずだ！

「王様ゲームさんせーい！　ビワ、一回やってみたかったんだよねー」

「だからあなたは誰なんですか！」

小栗ちゃんが琵琶子先輩をキッと睨んで顔を赤くする。おとなしい彼女がここまでかき乱される姿は記憶にもない。そりゃこんな展開なら混乱もするだろう。

「ビワはビワだケド。さっき自己紹介したじゃーん、オイー」

そしてこのギャルである。

そんな様子を見ていた課長が、眉をキリリと吊《つ》り上《あ》げ、みんなに向かって言った。

「王様ゲームなんていかがわしい遊び、まだ子供なのにダメよ」

保護者のような課長の言葉に、さっきまで、はしゃいでいた琵琶子先輩のトーンが下がる。

「えー、エッチなことならビワもよくないと思うんだケド」

王様ゲームなんて男の下心を体現したようなゲームだろうに、琵琶子先輩の想定にはなかったらしい。掘れば掘るほどピュアな部分が現れるギャルだな。

正面を向くと小栗ちゃんが複雑そうな表情を浮かべていた。琵琶子先輩に対して、どっちなんだよ、ってツッコみたいのだろう。

どちらにせよ流れは変わり、王様ゲームはナシの空気になりかけたとき、諦めきれなかったのか団長が口を開いた。

「そんな過激なことはしないよ。もちろん、誰かを狙《ねら》い撃《う》ちするような、個人名での指定はNG、っていうルールもちゃんと設《もう》ける。みんな初対面なんだし、ルールを守れば、お互いを知るのに、いいコミュニケーションになると思うんだよね。例えば、好きな異性のタイプを言う、とかね」

「『好きな異性のタイプ⁉』」

反応したのは課長と小栗ちゃん。

二人は大きな声を上げてアワアワし始める。

「なんだ、それくらいなら別にビワはいいんだケド。やっぱ賛成派ー」

コロコロ意見変える人だなまったく。まあ、でも、今さら琵琶子先輩が賛成したとて、これだけ拒否反応を見せている課長と小栗ちゃんが首を縦に振るわけない。正直、課長の好きなタイプを聞けるチャンスかもなんて下心が湧《わ》いてきていた俺であったが、そんなマイルドな王様ゲームで留《とど》まる保証なんてどこにもない。このアワアワしている反対派の二人と結託《けったく》して、団長の悪あがきを阻止しようじゃないか。

「初対面でいきなり異性のタイプなんて恥ずかしくて言えないですよ。ね、小栗ちゃん」

「下野先輩の好きなタイプを聞ける……下野先輩の好きなタイプを聞ける……」

「ん、なに？　どうしたの小栗ちゃん」

声が小さくて聞き取れなかったが、恐らく、この状況への不満が漏れたのだろう。やっぱり王様ゲームなんてやりたくないんだな。

「私、王様ゲームしたいです！」

「小栗ちゃん⁉」

なぜ⁉

いったい、なにがどうして反旗を翻《ひるがえ》したんだ。貴重な戦力が……。

しかし、こちらにはまだ、課長が残っている。

「いやいや、せっかくカラオケ来てるんだし、みんなで歌でも歌ったほうが楽しいですよ。ね、課長」

「……そうね」

「さすが課長」

「みんながそこまで言うなら、やりましょう。王様ゲーム！」

「課長っ⁉」

いい加減、認める必要がありそうだ。

これはオフ会でなく合コンだということを。

◆

「「「王様だーれだっ」」」

「うおおお！　俺っすー！」

ヘチマさんが立ち上がった。心底、楽しそうだな。自重《じちょう》しろ大学生。

立ったまま顎に手を当てヘチマさんは天井《てんじょう》を見上げる。俺の記憶上、この人は割と常識人だったはずだから、高校生相手に変な命令はしないだろう。団長よりは安心できる。

「じゃあ、3番の人が『侵略ノススメ☆』を歌ってください！」

いや、歌を歌うってのはカラオケを使っためちゃくちゃ無難で常識的ないい命令だけど、選曲！

甘高組の二人は知らないだろ、その曲！

「3番、私だけど……ごめんなさい、その曲知らないの」

課長が困り顔を見せて言った。案《あん》の定《じょう》だよ！

「わ、私は知ってますけど」

そこへ割って入ったのは小栗ちゃんだった。小栗ちゃんは恥ずかしそうに眼を泳がせながらも、どことなく、その表情はドヤ顔をしているようにも見える。

ドヤる要素あった？

「て、て、ていうか、パーティのメンバーなら知っていて当然の曲ですけど。ね、下野先輩」

俺⁉

「まあ、パーティのみんなは最新のアニメくらい、チェックしてるだろうしね……」

「それなです！　私たち趣味が合いますもんね！」

やっぱりオフ会を壊されたこと、怒ってるのかな小栗ちゃん。そもそも趣味が合う同士の集まりだったはずだもんな。ヘチマさんの選曲はそういう意味で、本来は間違っていない。

「それじゃあ……マロンさんに歌ってもらおうかな」

ばつが悪そうな顔をしてヘチマさんが言った。いや王様ゲームの意味！

「ええ、もちろん。私はアニメも詳しいですからね。歌いますよ」

小栗ちゃんは引き続きドヤ顔をして言う。君もなんでそんなノリ気なの？　王様ゲームのルール知ってる？

「右色さん、いいの？　ごめんなさいね、代わってもらっちゃって」

課長は課長で申し訳なさそうに小栗ちゃんを見ている。なんか、すべてが嚙《か》み合《あ》ってないように見えるのは俺だけだろうか。

そんな中、一部始終を見守っていたであろう琵琶子先輩が、満を持して、飛びきりのハイテンションで会話に参加する。

「おっ、いいねーちびっ子ちゃん！　じゃービワも一緒に歌うんだケド！」

「また琵琶子先輩はノリだけで喋《しゃべ》るんだから。知らないでしょ、この曲」

「は？　知ってるケド」

「いやいや、強がらなくていいから」

「イカ娘だろ。ころすよ七のすけ」

「そうやって、すぐ物騒なこと言う！　……って、今なんて⁉」

「ビワのツテ使って地元の二年生と三年生集めてボコボコにリンチしてころすよ七のすけ」

「そこじゃねーよ！　あと具体的な殺害方法を付け足すな！　リアルすぎてマジで怖いわ！」

「さっきから、なんでタメ口なの？」

「あっ、はい、すみません。リンチだけはやめてください」

「よし、じゃーちびっ子ちゃんイカ娘のＯＰ歌うってワケ！」

「いや、だからなんで琵琶子先輩がイカ娘知ってるの⁉」

アニメとか絶対見ないだろこの人。

「そりゃ団長から集まるメンバーがアニメとか好きって話聞いてたから、最近のオススメ聞いて予習してきたに決まってるんだケド」

出たよ！　この人、本当にもうこういうとこっていうか、なんていうか、いい人だな！

琵琶子先輩が曲を入れマイクを握る。イントロが流れると、すぐ始まる掛け声にも完璧《かんぺき》に対応してみせた。一方であたふたしながらマイクを両手で握っていた小栗ちゃんだが、Ａメロに差しかかると吹っ切れたのかしっかりと歌いだした。

なんだかんだで盛り上がる一行。その隅で課長だけテーブルの一点を見つめ、暗い顔をしながらブツブツと一人でつぶやいている。

「琵琶子はちゃんとみんなに合わせて気を使っていたというのに、私ってやつは……」

えらく高水準な領域で猛省してる。仕事に対して厳しい課長だが、それを超すほど、自分にも厳しい。そんなこと気にする必要ないのに、難儀《なんぎ》な性格をしているお方だ。

イカの美少女に侵略された一室は、その熱気も冷めやらぬまま、次のターンへ移る。

「「「王様だーれだっ」」」

自分の引いたくじを見る――1番か。団長が王様になると少し不安だが、果たして今回は誰が……。

「いえーい！　ビワが王様なんだケドー！　悪いねーみんな、詫びー」

琵琶子先輩か。まあ、この人はエッチなことは嫌いだなんてピュアな精神の持ち主だから、いかがわしい命令はしないはずだ。

「1番が……」

ゲッ……俺か。いざ、当事者になると不安になってきたな。頼むから、変な命令しないでくれよ。

「4番にしっぺする！」

おお！　ゲームらしさをキープしつつ、行きすぎない、ちょうどいいライン！　さすがだぜ琵琶子先輩！

王様の命令に各々《おのおの》が自分の番号を確認する。さて、俺がしっぺをする相手は誰か……。

「あ、4番、私だ」

スッと手を挙げたのは課長だった。

さっきまでの安心感はあっという間に吹き飛び、一気に血の気が引く。

しまった――。このパターンがあることを忘れていた。

俺が、あの細くて白い課長の腕にしっぺ？　ムリムリムリ。いくらゲームだとはいえ、部下が上司にそんなことできるわけない。しかし、王様の言うことは絶対なわけで、

「ちょっと、1番誰なんだケド？　早く出てきなよ」

「……お、俺です」

「七のすけかよー」

ゲームが中断されるような奇跡も起こるわけないのだ。

場の空気をしっかり読んでいるのか、それとも大して気にしていないのか、課長は淡々とした様子で腕まくりをして、対角線に座っている俺に腕が届くよう、テーブルに身をのり出した。

「はい、七哉くん」

華奢《きゃしゃ》な腕が俺の前へ差し出される。

全員がこちらを注視している。なんだこの緊迫したムードは。

しかし、いつまでも躊躇《ちゅうちょ》していても白けるだけだろう。俺は意を決して、その腕をつかんだ。

俺の手が触れると課長は少しだけビクリと体を震わせる。

スベスベした課長の肌は、ひんやりと冷たく、そして、想像以上に細かった。

俺は静かに空いてる手でしっぺの構えをする。

すると、課長が潤《うる》んだ瞳《ひとみ》で俺を見て言った。

「七哉くん……優しくしてね」

「……っ！」

な、なんだ、この感情は。

ただならぬ背徳感と共に得体の知れない高揚感が俺の中を駆け巡る。

俺は耐えきれず、咄嗟《とっさ》に命令を下した張本人である琵琶子先輩を見る。

彼女は強くこちらを睨んでいた。しっぺとはいえ、俺が課長に手を上げることが琵琶子先輩の怒りを買ってしまったのだろうか。いや、命令したのあんたなんだけど。

ん……違うぞ。確かに琵琶子先輩は俺を強く睨んでいるが、これは怒りの目ではない。

わずかに目じりのあたりが紅潮している。もしや……。

間違いない。やつも俺と同じ、背徳感と高揚感の狭間《はざま》に身を焦《こ》がしている。

そう、この、怯《おび》える上條透花の様子を見て……。

興奮しているのだ！

ああ、なんて罪深い人間なんだ、俺たちは。

しかし、火のついた情熱は止められない。

琵琶子先輩が顎を横に振り、無言の合図を俺に送る。

『やれ』

ふっ……悪い人だよあんたは。

「課長、ご容赦！」

バシンッ！

俺は思いっきり課長の腕にしっぺをした。

忖度《そんたく》などしない。力の限りのしっぺ。

「ひゃんっ！」

彼女が小さく、なまめかしい声を漏らす。

白く清らかな腕がほのかに赤みを帯び始めた。

ああ、なんて悪魔的な遊びなんだ、王様ゲーム。

琵琶子先輩のほうを見ると、彼女も唇を噛んでなにかに耐えているようだった。

俺は呼吸を整え、興奮が伝わらぬよう、慎重に課長へ声をかけた。

「すみませんでした、課長……大丈夫ですか？」

「痛かったわよ。もう、優しくしてって言ったのに……」

両ほほに空気を入れ拗《す》ねた様子をみせる課長。

ダメだ、これ以上、踏み込むと、いけない扉を開いてしまう。

俺は冷静を装《よそお》いながら団長に次のターンへ移行するよう促す。

「じゃあ、次だね。はい、みんなくじ引いて」

俺の催促に団長は素直に従い、くじ用に作った割り箸《ばし》を握り、全員の前に差し出す。

そろそろ俺が王様になってもいいいんじゃないか。そうしたら、もう一度しっぺを……いかんいかん！　なにを俺は邪《よこしま》なことを。

「「「王様だーれだっ」」」

くじを引き終え、掛け声が揃う。

「僕だね」

ニコニコしながら答えたのは団長だった。

確率的にいつかは当たると思ってはいたが、団長かあ……。俺の心情とは真逆に、ヘチマさんは団長になにか期待しているようで、

「頼みますよぉ、団長ぉ」

と、男子陣にだけ聞こえる声でつぶやいている。

その言葉に応《こた》えるかのような笑みを浮かべて団長は口を開く。

「じゃあ、好きな異性のタイプを女子陣に言ってもらおうかな」

下された命令にいち早く異論を唱えたのは課長だった。

「ちょっと団長さん。番号で指定するルールじゃなかったの？」

「そうだね。でも上條さん、僕は個人名での指定をしない、としかルール設定をしていないよ。女子陣という指定は個人じゃないよね」

「な……、そういうの、屁理屈《へりくつ》って言うんじゃないかしら」

ごもっともである。屁理屈も屁理屈。だが、俺は口を挟む気はない。なぜなら団長の屁理屈にメリットを見出《みいだ》してしまったからだ。確かに彼の思考はゲスい。ゲスいが一点だけ褒《ほ》められるところがある。課長の好きな異性のタイプを聞き出せるということだ。

夏休み、やけに鬼吉と仲がいい姿を見て浮上していた、課長はギャル男が好きなんじゃないかという疑惑は、まだ俺の中で完全に払拭《ふっしょく》されていないのだ。そろそろ、そこら辺をハッキリさせておいてもいいだろう。

団長、すまないが、そのゲスさに便乗《びんじょう》させてもらうぞ。

「まーまー、透花、いいじゃん。別に異性のタイプくらい減るもんじゃないし。今度こっちに王様来たら、やり返してやればいいってワケ」

「やり返す……！　そ、そうね。確かに、まあ、減るもんじゃないし」

やけにあっさりと琵琶子先輩の説得に応じた課長の反論が止まったところで、さっそく順番に女子陣の好きなタイプ発表会が始まった。

「じゃあまずビワね！　好きなタイプは面白い人かなー。あと年上はあんま好きじゃないね！　気使うから無理ー」

嘘《うそ》つけよ。あんた年上相手でも気なんか使わないでガンガンマイペースでいくだろ。それにしても、なにげに琵琶子先輩の好きなタイプも初めて聞いた気がする。面白い人か……この人自体が割と面白いから、けっこうハードル高そうだな。

しかし、年上は無理と明言されたヘチマさんの顎がショックで本当のヘチマみたいに伸びきってしまってる。琵琶子先輩に気があっただろうに、秒で振られてしまったな。ちょっと、かわいそう。

「んじゃ、次は透花ね！」

「え、私？」

「うん！　はよはよ」

よし、来たぞ。

さあ、どうなんだ。ギャル男が好きなのか？　それとも別のタイプがあるのか？

「好きなタイプはありません。ギャル男が好きなのか？　それとも別のタイプがあるのか？」

はい。

また、これね。

いつものパターンですわ。

正直このケースも予想はしていたが、ここまで貫かれると逆に安心ですわ。

ギャル男が好きなのでは、ってのも、やっぱり俺の杞憂《きゆう》でしたね。

この人は筋金入りで恋愛に興味ないみたいだ。

まあまあ、それにしても、恐ろしい目をしてますこと。そんな冷たい目で恋愛興味ない宣言されたら、課長に気がある人みんな失神しちゃいますよ。俺は慣れてるから平気だけどね。団長はどうだ？

あっ、白目むいている。くくく、思い知ったか。素人《しろうと》が課長相手に口説《くど》き落そうと謀《はか》るなんて愚《ぐ》の骨頂《こっちょう》なのだよ。

「爆笑。透花、夏休みのとき王子さま……」

平常運転の課長に、なにかを言いかけた琵琶子先輩だったか、その口が急に止まった。珍しく琵琶子先輩の表情がこわばっている。その横を見れば、口だけ笑っている課長。なにか地雷でも踏んだのか。気になるけど俺も怖いのでブラックボックスとして触れないでおこう。

課長のターンが終わり（答えとしてあれで成立させていいのかは疑問なところでもあるが）、残るは小栗ちゃん。

ここまでの間、一言も発さなかった彼女は、両手の拳《こぶし》をギュッと握り、膝《ひざ》に置いている。

しかし、小栗ちゃんもまさかこんなことになるとは思ってなかっただろう。

おとなしい彼女のことだ。好きな異性のタイプなんて、こんなみんながいる前で言えるわけもない。さすがにかわいそうになってきたな。俺にも、少なからず、今の状況を作ってしまった責任がある。無理しないよう、彼女に伝えよう。あとからのフォローは俺がなんとかすればいいか。

そう思い口を開こうとしたところで、小栗ちゃんが静かに身をのり出した。

そして、彼女は始める。

「右色小栗、好きなタイプ、いえ、理想の異性は――。下野先輩みたいな人です！」

それは唐突な出来事だった。

その場にいる全員が体を静止させた。

課長も、琵琶子先輩ですら、口をあんぐり開けて彼女を見ている。

俺は正面で顔を真っ赤《まっか》にしている女の子を見て、破裂するほどに心臓の音を響かせていた。

そして、右色小栗は、まっすぐに俺を見て、言うのであった。

「――年下女子はお嫌いですか？」

PROFILE

年齢:14歳
学年:中学二年生
誕生日:6月1日(ふたご座)
血液型:A型
身長:157cm
バストサイズ:Bカップ
好きなもの:チョコミントアイス、モデル雑誌、Mっ気のある人
苦手なもの:からいもの、絶叫マシン、ホラー
特技:お菓子作り

下野小冬
Kofuyu Shimono

右色小栗
Oguri Ushiki

PROFILE

年齢:15歳
学年:中学三年生
誕生日:6月6日(ふたご座)
血液型:AB型
身長:153cm
バストサイズ:Bカップ
好きなもの:漫画、ゲーム、下野七哉
苦手なもの:でかい人、強そうな人、綺麗な人、ギャル
特技:イラスト、暗算、空気を読む

第３章 上條透花のメイソウ

Why is my strict boss melted by me？

八月は下旬のこと。

琵琶子《びわこ》の田舎《いなか》から帰ってきて数日が経《た》った日のことだ。

私、上條透花《かみじょうとうか》は残りの夏休みを利用し、とある山岳《さんがく》へ一人、登山に来ていた。

土の匂《にお》い、木の匂い、草の匂い。

自然を感じながら、気ままに頂上を目指す。

途中でホコリタケを見つける。つつくと煙みたいに胞子が飛ぶ、『狐《きつね》の茶袋《ちゃぶくろ》』なんて呼ばれる丸っこくてかわいらしいキノコだ。

足元に落ちてた小さな枝を拾い、しゃがみながら実際につついてみる。

「おぉー」

なんだか楽しい。

と、私は別に遊ぶために山へ来たわけではない。

再び足を動かして黙々と登る。

三時間ほどで頂上に着いた。

標高はなかなか高く、空気は澄んでいる。
見渡した限り、頂上にいるのは私一人のようだ。
「さて……」
砂利《じゃり》の上にポケットから取り出したハンカチを敷き、そこであぐらを組んだ。
そして、ゆっくりと目を閉じ、瞑想《めいそう》を始めた。
私は俗世と離れたこの空間で、自分を見つめ直さなければいけない。
そのためにここへ来たのだ。
頂上に吹く風で髪がなびく。
しかし、そんなものも気にならないほどに、私は集中していた。

あの夏祭りの日。

私は『嫉妬《しっと》』していた。
その『嫉妬』により、私の未熟さが露見し、大事なものを見失いそうになった。
大人として恥ずかしい行いだ。
だから、今一度、考えなければならない。
『嫉妬』とはなにか。

羨《うらや》ましい。自分もそうなりたい。そう思っている自身の心を認めたくない。それはいつしか、相手を認めたくないと都合よく変換され、攻撃的な感情が芽生《めば》え始める。

気付けば相手を認めているからこそ生まれていた、羨ましいという感情はどこかに忘れてきてしまい、そこに残るのは醜《みにく》い嫉妬心だけとなる。

まさに子供の駄々《だだ》である。

私は自分が思っている以上に幼稚な人間だったらしい。

問題はこの嫉妬心を今後生まないためには、どうすればいいかということ。

おそらく琵琶子は七哉《ななや》くんが言う、憧《あこが》れの人ではないだろう。

では、この先もし、正真正銘、その憧れの人が私の前に現れたら。

私は嫉妬せずにいられるだろうか。

そんな強い人間に私はなれるのだろうか。

そのために、私はなにをするべきなのだろうか――。


「悟《さと》りなさい」


横から聞こえた声に目を開ける。

隣に袈裟《けさ》を着けた中年の男性が座っていた。

頭を丸く刈っている。お坊《ぼう》さん？

「なにか、悩まれているのでしょう？」

男性が私を見てニコリと微笑《ほほえ》む。

「なぜわかったんですか？」

「私は人のオーラが見えるのです。あなたは悩んでいるオーラを出していました」

「オーラ……？」

この人……すごい人だ!!

この人なら私の悩みに答えを出してくれるかも。

よし、聞いてみよう。

「あの、嫉妬にとらわれないためにはどうすればいいのでしょうか」

「嫉妬――。あなたは今、嫉妬に縛《しば》られているのですか？」

「いえ……一度は振りほどきました。しかし、またいずれ嫉妬が私の心を蝕《むしば》むのではないかと不安でしょうがないんです」

「それは、あなたが欲に支配されているからです」

「欲……ですか？」

「そうです。人間は知恵を手に入れてしまった。それゆえに己《おのれ》の欲を認識してしまうようになったのです。動物たちは命をつむぐため、欲に忠実に生きています。彼らは森羅万象《しんらばんしょう》の理《ことわり》に身を委《ゆだ》ね、自然と一体となって生きている。しかし、人間はどうでしょう。欲を認識してしまった人間は、それをコントロールし始めました。理性という道具を使って。そして、己の欲をコントロールしています」

「コントロールできているのなら、支配されているのではなく、支配している側なのでは?」

「それこそが、知恵を手に入れた人間の驕《おご》りなのです。欲を支配していると勘違いしている人間は、実際のところ、欲に支配されているのです。自分自身を律しなければいけない、そう考えること自体が、すでに意思の選択を限定され、誘導されている。欲をコントロールしようとすればするほど、人は鎖《くさり》に縛られるよう、欲に支配されるのです。そうは思いませんか、お嬢さん」

とても難しい話になってきたが、なんとなく理解はできる。

この男性が言っているのは仏教の教えだろうか。宗教は詳しくないのでわからない。

もしかしたら独自の哲学なのかもしれない。

「では、その欲の支配から解放されるにはどうすればいいのでしょうか?」

「悟るのですよ、お嬢さん。御覧なさい目の前に広がる広大な自然を。空はあるがまま。雲は流れるまま。木々は風に揺られるまま。何者にも支配されていない彼らのように、悟るのです。己の欲を捨てなさい。認められたい。称《たた》えられたい。愛されたい。そのような欲に支配されるから嫉妬が生まれるのです。心を無色にするのです」

「それは愛されたいと思う相手へのこの気持ちも捨てるということですか？」

「そうではありません。嫉妬している己を悟り、切り捨てるのです。そうしてそこに残っているものが愛ならば、それは無色の愛。真理だということです」

やはり、難しい。

難しいが、自分の嫉妬心だけを捨てるということだろう。

いわゆる無我の境地というもの？

とにかく嫉妬と向き合うのではなく、嫉妬という感情自体を切り捨てる。

嫉妬心に負けない強さを求めるという考えが、そもそも違ったらしい。

「それが悟り……」

「そうです。私はそうしてすべての欲を捨て、自然と一体化しています。あなたもそうなれることを願っています」

「ありがとうございます」

「では」

男性は立ち上がり、ペコリと私に礼をした。

私も腰を上げ、それに応《こた》える。

そして男性が下山道へと歩き出そうとした、そのときである。

「あっ、いた！　こら待て！」

恰幅《かっぷく》のよいおばさまがエプロン姿でこちらに向かって走ってきた。

すると、私の隣にいた男性は早足でその場を立ち去ろうと動き出した。

「え？　え？」

混乱する私におばさまが続けて言う。

「お嬢ちゃん、そこの男つかまえて！　食い逃げ！」

「え⁉」

ザザっと男性の土を蹴《け》る音が速くなった。

とにかく私はそれを追う。

相手は袈裟を着ているのでそこまで速度は出ていない。ものの数秒で追いつく。

「ちょっとあなた、食い逃げって本当なんですか⁉」

「お嬢さん、金銭とは人間が生み出した欲の象徴です。万物《ばんぶつ》の命を司《つかさど》る源《みなもと》、すなわち食は、金銭という欲などに縛られるものではありません。切り捨てるべきなのです」

「なにワケのわかんないこと言ってるのよ！　あんたが一番、欲まみれじゃない！」

私は逃げようとする男の肩に手を回し、琵琶子のおじいさまから教わった護身術を使って、地面に押さえつけた。てこの原理を利用した、力の弱い女性でも使える技だ。おじいさま、ありがとうございます。さっそく役に立ちましたよ。

「うう……放してくださいお嬢さん、私を解放しなさい」

こんな男に感化されそうになっていただなんて、恥ずかしすぎる。もう会話もしたくない。

私が男を押さえていると、すぐにさきほどのおばさまと一緒に二人の成人男性がやってきた。そして、私の代わりに男の腕を両脇《りょうわき》から押さえ、連行していった。

「いやあ、ありがとうね、お嬢ちゃん」

「いえ……あの食い逃げって？」

「ここの山、登山道の他《ほか》に頂上付近まで登れるロープウェイがあるだろう？」

「ああ、はい。出発地点まで車でも行けるところですよね」

「そうそう。そこの前でうちは蕎麦《そば》屋やってるんだけど、あの男、食い逃げしてそのままロープウェイのってったんだよ。バレてないと思ったのか呑気《のんき》に頂上見学なんてしてして腹立つやつだね、まったく。一発くらい殴っときゃよかったよ」

「あはは。でも、お坊さんのくせに酷《ひど》い人ですね」

「ああ、あれコスプレだよ。うちの若いもんがあの男がいろんな格好してそこらへんウロウロしてるのよく見るらしくてね。ふもとの町じゃ有名らしいんだよ。まさか食い逃げするようなやつとまでは思わなかったけど。くそやろうめ」

ああ、恥ずかしさが増していく。

なにが悟りよ。

なにが欲の支配よ。

それっぽいことばかり言いやがって、もう！

うんうん聞いてた私が恥ずかしいわ！

登山までして私はなにをしているんだ……。

「それにしてもお嬢ちゃん強いんだね、助かったよ。一人で登山かい、珍しい。まだ学生さんだろう？」

「はい、高校生です」

そろそろ私も自分が高校生であるということには慣れてきた。

「高校生⁉　夏休みに一人で登山なんて、よっぽど山が好きなのかい？」

おばさまが不思議そうに私の顔を見る。ますます顔が赤くなるからやめてほしい。

「その、ちょっと悩みがあったので、少し自然に触れようと思いまして……」

「悩み？　若いのになにを悩むことがあるかね」

「実は好きな人がいるんですけど、つい他の女子と仲良くしているところを見ていると嫉妬してしまって。それで自己嫌悪に……」

なんだか、おばさまの勢いにベラベラと喋《しゃべ》ってしまった。

「あーはっはっは！　深刻そうな顔してると思ったら、なんだそんなバカみたいな悩みかい！　まあ、子供らしくてかわいいじゃないか」

おばさまは私の背中をバンと叩きながら、顎《あご》を大きく揺らして笑う。パワフルすぎる。

「わ、私的には真剣なんですぅ……」

ふてくされながら私は小石を蹴る。それでもおばさまの笑い声は止まらない。

「そうかいそうかい。あ、携帯鳴ってる。多分店のやつからだ、そろそろ戻らなくちゃ。私は下りのロープウェイのってくけど、お嬢ちゃんも一緒に行くかい？」

「いえ、私は下山道で歩いて下ります」

「若者らしく元気でよろしい！　それじゃあ、本当にありがとうね」

「はい、それではまた」

おばさまに手を振って私は下山道へ向かった。

その背中に大きな声が響く。

「お嬢ちゃん！　恋ってのは嫉妬くらいして当たり前だろ？　じゃなきゃ本気の恋じゃないね！　がんばんな！」

ガハハハッと肩を揺らして笑いながら、おばさまはロープウェイに続く道へと消えていった。

本気の恋……か。

どうやら、山を登った意味はあったようだ。

◆

そして、迎えた二学期。

私に、また嫉妬の種《たね》となりそうな出来事が起こった。

七哉くんが中学時代のネット仲間と、オフ会なるものをするというのだ。

オフ会……。会社員時代にもネットで目にしたことのある言葉だ。

オンラインに対してオフラインで会うこと。

そこにもし、七哉くんよりも年上の女子がいたら。

憧れの人である可能性が高い。

私が憧れの人の存在を知ったのは社会人になってからだ。会社の飲み会で本人に直接その話を聞くまでは、そんな存在、知りもしなかった。

一度目の高校生活で常に七哉くんを追っていた私が、なぜ気付かなかった？

なるほど、私の関知しないコミュティでの出会いならば、当然の話だったのだ。

つまり、このオフ会に高校二年生以上の女子が参加していれば、その人が確実に憧れの人なのである。

ならば出会いを阻止してやる！

なんて、悪女みたいな考えはさすがにしないが、確認はしておきたい。

傾向と対策。

どんな企画でも事前の調査は大事だ。

そして、今日はオフ会の当日。

会場のカラオケ店に到着するなり、私はすぐにメンバーの顔をグルっと見回した。

男子が二人に、かわいらしい女子が一人。

七哉くんからあらかじめ聞いていた人数と照らし合わせれば、これ以上の参加者はいないはず。

ということは、部屋に入るなり嬉《うれ》しそうに七哉くんの元へやってきた、この女の子が最大の容疑者となる。確かメールを送ってきたのもこの人だっけ……七哉くんはマロンさんと呼んでいた。

しかし、見た目から察するに、私と同年代、もしくはそれより上のようにはどうも見えない。

あどけなさが残る幼い少女だ。

いや、この年頃《としごろ》の女子だと、容姿だけで年齢を把握するのは難しいだろう。

幼く見えても私より年上だというパターンだって大いにある。

油断は禁物だ。

ともあれ、メンバーは揃《そろ》ったようなので、オフ会開始に備え私たちも席に着いた。

ちょうど私の座った位置がインターフォンに一番近かったので、全員のドリンクを聞いてから注文し、一息つく。

はあ……緊張しているのか、なんだか落ち着かない。

「ドリンク来るまで私ちょっとお手洗い行ってくる」

琵琶子に言い残して、私は部屋を出て女子トイレへと向かった。

せわしない女だ、まったく。

そういえば、こんなお友達がいるだなんて、飲み会の席でも聞いたことがなかったな。

そりゃ、七哉くんも隠し事というか……全部が全部、私に打ち明けているわけでもないだろうけど、なぜか少し寂《さび》しく感じる。

まーまー、彼女でもないただの上司なのだから当然だけれど。むしろ、この考えはなかなかストーカーっぽくてやばいかも。気を付けよう。

女子トイレに着き、気持ちを落ち着かせるため一人で手を洗っていると、うしろから声がかかった。

「上條透花さん……ですよね？」

洗面台の鏡越しに声がしたほうを覗《のぞ》くと、そこには例のマロンさんが立っていた。

「私のこと知っているんですか？」

少し動揺しながらも、それを隠して私は聞く。

どこかで会ったことあるかしら……。私は完全に初対面だと思っていたけれど。

「あの、えっと……上條さん有名なので。甘草南《あまくさみなみ》高校ですよね？　私も地元同じで」

「なるほど、そうだったんですね」

「あ、敬語やめてください。私まだ中学生なので、全然年下なんです」

中学生⁉　思ったより幼かった。ということは、この子も憧れの人ではなかったのか……。

「そうなんだ。どこの中学？」

「西中《にしちゅう》です。わかりますかね……？」

「もちろん。じゃあすごい近いんだね。偶然」

「はい……すごい、偶然ですよね。あの、上條さんはセブンナイトさんとお友達なんですか？」

友達……まあ、友達が一番しっくりくる答えか。

「そうね、学年は違うけれど、お友達よ」

「いつからですか？」

「うーん……最近……かな」

知人としての年数をカウントするならもう五年以上の付き合いだけど。そう考えると高校生に戻ってからの数ヶ月で一気に距離は縮《ちぢ》まった気がする。なにげに頑張ってるじゃない透花。

「私は……」

「うん？」

「私は……ず、ずっと前からセブンナイトさんとお友達です」

ああ、確か七哉くんがオンラインゲームを始めたのは中学生の頃だっけ？　そうなると二年か三年くらいはネットを通して交流していたのか。

「そっか。仲良くしてくれてありがとうね」

上司として、ドジな部下にこんなかわいらしいお友達がいたことは、素直に嬉しい気持ちだ。

「……はい。あ、あんまり皆さんを待たせるといけないので、もう戻りましょうか」

「うん、そうね。行きましょう」

洗った手をハンカチで拭《ぬぐ》い、私はマロンさんと一緒に部屋へと戻った。

◆

部屋に戻ると各人の自己紹介が始まった。

私はさきほどと同じ席に座り、腕を組みながら少しばかり思考を巡らせる。

マロンさんが年下となると、本当に憧れの人が誰《だれ》だか見当もつかなくなってきた。

いったい誰なんだ。

七哉くんの顔を見ながらじっくりと考える。

思い当たる節がまったくない。

やはり、一周回って琵琶子なのか……。

うーん、でもどうも二人の関係性を見ていると、恋愛感情が含まれているようには思えない。

他に候補はいるか……？

おい、七哉。

候補だよ候補。

教えなさいよ。

ほら、キョトンとプレーリードッグみたいな顔でこっち見てないで教えなさい。

ちっ……いちいちかわいい顔しやがって。

そんなとこも好きだけど！

だいたい、憧れの人がいるとか言いながら、夏休みの花火大会であんな大胆なことしやがって……。

……あれ。

あれ、もしかして、憧れの人って、ワンチャン私ってパターンありえる？

え、え、え、え。

え、でもそうよね！

だって私たちハグしてるのよ！

そんでいい感じの雰囲気で花火見てるの！

それって、普通に考えたら……両思いじゃ……。

いや、でも、二学期初日のやつは確実になにも気にしていない男の態度だったわ。

まるで何事もなかったかのようにあっけらかんとしやがって。

もしかして、あれは照れ隠しでしたとでも言うつもり？

おい、どうなんだよ七哉。

照れ隠しかって聞いてんだよ七哉。

ああ、なんかムカついてきたわ。

なんで仕事はテキパキできるのに、こういうのは全然わからないの私って。

いっそ琵琶子に聞いてみようかしら。

この状況って両思い？　それとも私のただの思い上がり？

無理無理、恥ずかしくて聞けるわけないじゃない。

でも、ここまできたら憧れの人が私って選択肢は入れていいのかも。

いや、でもでも、あの下野《しもの》七哉よ？

会社にいたときの日々を思い出しなさい。

めちゃくちゃ私にビビってたじゃない。

仕事面で尊敬されることは仮にあったとしても、ビビるくらい厳しいと思っている上司を恋愛対象として普通見る？

わからない。

私、七哉くん以外の人を恋愛対象として見たことないから、参考になるサンプルがなさすぎてわからない。

と、思考の脱出ゲームから抜け出せずにいると、琵琶子に肘《ひじ》でつつかれる。

「ほら、透花の番なんだケド。なにボーっとしてるの」

「え、ああ、私ね」

「ウケる」

いつの間にか私の番まで回ってきていたようだ。あれ、七哉くんの自己紹介も終わったのか。趣味とか聞けるチャンスだったんだけど……まあ、いいか。

「初めまして、上條透花と申します。下野七哉くんと同じ甘草南高校の二年生です。本日はゲームの仲間でもないのに急な参加申し訳ありません。よろしくお願いします」

よし、終わった。脱出ゲームの続きを始めよう。今まで脱出ゲームを自力でクリアできなかったことなんてないんだから。

「ちょっと透花ー、趣味も言えしー。空気読めしオイー」

え？　ちょっとなに琵琶子。今、私、脱出ゲームやってるんだけど。ていうか、

「えー……趣味とか言わなきゃダメなの？　は、恥ずかしいんだけれど」

「趣味くらいでなに恥ずかしがってるワケ。はよ言えしオイー」

くっ、このギャルは。

「ええ……うんと……お気に入りの恋愛ソングをプレイリストにまとめることかな。仮想の音楽フェスを頭の中で開催して組み立ててるんだけれど、神セトリできたときはすっごいテンション上がるかな」

「なにそれキモ」

「なによ！　言わせといて酷くない琵琶子！」

「じゃあ次はビワね！　左近司《さこんじ》琵琶子、高二！　趣味はカラオケと最近フットサルとかよくやるー！」

「ちょっと無視しないでよ！」

赤《あか》っ恥《ぱじ》じゃない！

クソ……もういいわ。私には脱出ゲームをクリアするという大事な使命があるんだから。

その前に喉《のど》を使ったので頼んであったウーロン茶に口をつける。

そういえばマロンさんはアップルジュースを頼んでいたな。チョイスがかわいい。いわゆるこれが女子力というやつだろうか。気になってチラっと見てみると、ちょうど彼女も順番前で緊張していたのか、そのアップルジュースを飲んでいるところだった。

コップを小さな両手で抱えながら、遠慮がちにストローをチューーッと吸っている。

間違いない、あれが女子力だ。かわいい。

ついつい見惚《みほ》れていると、いつの間にか琵琶子の順番が終わったらしく、マロンさんがそのまま立ち上がった。

そういえば名前をちゃんと聞いてなかった。

私は一旦《いったん》、脱出ゲームを中断し、彼女の自己紹介に集中した。

「マロンのハンドルネームでヒーラーやってました右色小栗《うしきおぐり》です」

右色小栗さんか。柔らかくてかわいらしい印象の彼女にピッタリな名前だ。

せっかくなにかの縁でこうやって出会えたのだし、私も右色さんといいお友達になれるといいな。

社会人の時代から、年の離れた新人からは怖がられ、プライベートとしてはあまりいい交友関係を築くことができていなかった私。年下とのコミュニケーションはハッキリと私の苦手分野だと言えよう。

しかし、私も成長した。

肉体的には逆行しているのに、精神的には進化しているというのは、いささか不思議な気分だが、上條透花は確実に、あの厳しい女上司だった時代からポジティブな方向へ歩んでいる。

奈央《なお》ちゃんのようなかわいい後輩もできた。

きっと右色さんとも仲良くなれるだろう。

◆

「右色小栗、好きなタイプ、いえ、理想の異性は——。下野先輩みたいな人です！」

ん？

えええええええええええええ⁉
なに⁉　どういうこと⁉
始まった王様ゲーム。そこで女子陣が好きな異性のタイプを言うこととなった。
その最中の出来事だ。
前触れもなく大事件が起こった。
だって彼女は……右色さんは七哉くんよりも年下じゃないの！
憧れの人では……。
いや——。
右色さんが七哉くんにとって憧れの人でなかったとしても。

別に右色さんが七哉くんを好きであることには、なんら矛盾《むじゅん》は生まれない。

そして、七哉くんが右色さんを好きになるという未来がないだなんて保証はどこにもない。

だって、行動によって未来は変わるのだから。

なんてことだ。


私は結局、この脱出ゲームからは抜け出せず、延々と迷走するのである。

週末に行われたオフ会にて、小栗《おぐり》ちゃんから衝撃の発表があった、あのあと。俺《おれ》がどうしたかというと、それは情けなくも、なんの反応も見せられないまま、ボーっと口を開けて、固まっているだけであった。そりゃあ、こんなイベントは十一年前に経験した一度目のオフ会ではなかったのだ。どこかのループ系ノベルゲームよろしく、タイムリープ後の解放条件でも満たしていたのかは知らないが、突然起こった新規イベントを前に、華麗な立ち回りを見せてみろと言われても、二周目初見プレイの俺には酷《こく》な話である。

しかし、こんなときに頼れるのは、これまた二周目に加わった新しい仲間で、すぐさま琵琶子《びわこ》先輩が「オイー、七のすけモテモテだなー、合コンマスターかよー、オイー」と、得意のギャルノリで機転を利《き》かせてくれたことにより、なんとか場の空気は元の状態へと戻ることができた。

結局、王様ゲームはそこで終了し、時間が来るまでカラオケを楽しみ、そのまま解散。無事にオフ会は楽しく終わったわけだが、俺は終始ドキドキしっぱなしであった。

この先が思いやられる。

果たして、俺は上手《うま》く小栗ちゃんからの告白を回避《かいひ》できるのだろうか。

そんなこんなで迎えた翌週。

甘草南《あまくさみなみ》高校では文化祭の準備が始まっていた。

我が一年七組も例に漏《も》れることなく、放課後の教室でガヤガヤと賑《にぎ》やかに作業を進めていた。

「七哉《ななや》～、カチョーのクラス、文化祭でお化け屋敷やるらしいよ」

「またベタな出し物だな。まあ、あの人は『ベタいいじゃない』とか言うんだろうけど」

なんて、言いながら、下野《しもの》七哉、その情報知っております。十一年前から存じております。

なぜなら俺は行ったから。課長のクラスでお化け屋敷をやっている、そして、そこで課長が魔女の格好をしている、そんな噂《うわさ》を耳にして、十一年前の文化祭でも見にいったのだ。

しかし、実際に行ってみると魔女の役は他《ほか》の先輩がやっていて、俺が課長の魔女コスプレを見ることはなかった。恐らく時間帯が悪かったのだろう。おどかし役の交代時間までは情報が回っていなかったのだ。

「リベンジしてやる。今回こそ見てやる！」

「なに言ってるの七哉？　ほら手動かして」

呆《あき》れ顔した奈央《なお》からトンカチを渡される。

ちなみにうちのクラスがやるのはメイド喫茶《きっさ》。課長のクラスを言えないほどにベタベタのベタな出し物だ。まあ、この時代はアニメなんかでも文化祭イコール、メイド喫茶みたいな図式が流行《はや》っていたからな。一年生だけで三クラスもメイド喫茶をやるらしい。まさに飽和状態。そんなにメイド喫茶あってどうするよ。

俺と奈央は入り口で使う看板を作っている最中だ。

「奈央はまだあの喫茶店《きっさてん》でバイトしてるのか？」

「うん、お給料いいしねー。でも、あそこの喫茶店は静かなところだから、こういうメイド喫茶も一回やってみたかったんだよね」

ブイっとピースマークを俺に向ける。

確かにあの喫茶店は大人が行くようなところで、メイド服は着ていたが、いわゆるオタク文化の代名詞でもあるメイド喫茶とはまた違うだろう。

「そういえば、昇降口の前に大きいイチョウの木あるじゃん？」

「ああ……うん」

「そこで文化祭の日、十七時ちょうどに告白して成功すると、そのカップルは結婚できるって甘高の噂知ってる？」

「ま、まあ……聞いたことは」

知っているに決まってる。

なぜなら、十一年前の文化祭の日、そのイチョウの木の下で小栗ちゃんから告白されたのだから。

「七哉もカチョーに告白すればー」

「バカ言ってんじゃないよ、ただでさえ噂が知られてる中での告白なんて、ヤジウマだらけに決まってるんだから」

経験者は語る、である。

「まあ、それであんまり告白する人もいないみたいだね」

「そりゃ、そうだ」

よほどの勇気がないとできないことだ。

「七哉ちょっと疲れたしジュースでも買いにいかない？」

「ん？　まあ、いいけど」

トンカチ渡して働けとハッパかけてきたばかりなのに、自由奔放な性格だよ、まったく。

俺と奈央は教室を出て昇降口へと向かう。

自動販売機は外なので、いちいち外履《そとば》きに履き替えなければいけないのが少し億劫《おっくう》だ。

自動販売機に着いた俺はさっそく百円玉を投入口に入れた。

「ミステリーゾーンにしなよ」

「やだよ、クソまずいわけのわからん飲み物しか出ないんだから」

「でもこの前、カチョーはミックスジュース当てたんでしょ？」

「あの人は特別。そういう星の下《もと》に生まれてんだよ」

「あはは、確かにー。カチョーだから当てられるよねー」

噂によると当たりのミックスジュースが出てくる確率は一〇〇〇分の一らしいからな。それをあの課長は一発で当てたのだ。神様、ステータスの割り振り間違えてません？　生まれながらにして人は平等ではないということだろう。

俺は己《おのれ》の平凡さを痛感しながらブラックコーヒーのボタンを押す。

「またコーヒー？　なんか七哉、最近になって一気におじさん化したよね」

「う、うるさいな。男子は高校から大人になってくんだよ」

「女子もだけどね」

そう言って奈央が自慢の巨乳を両手で寄せた。

シャツのボタンが大胆に開いているから、谷間がモロに見える。

「やめなさい！　見えてるんだよ！」

「見せてんだぞー、ほらほらー。幼馴染《おさななじ》みの巨乳で興奮してるのかー？」

「するかバカ！」

と、言いつつ目が離せない。少しは粘れよ俺の理性。

「まったく、いつからそんな成長したのか」

「わたしも巨乳になるためにいろいろ努力したのです」

「努力で大きくなるもんなのか」

「なるよー。まあ、うちお母さんも巨乳だし、もともとのディーエムエムがいいのもあるだろうけど」

「ＤＮＡだよ！」

「あ、ＤＭＭはエッチなやつか」

「エッチなやつはＦＡＮＺＡに変わったの！」

「そうなの？　七哉はムッツリだから詳しいな」

「うるさいよ！　ムッツリじゃないよ！」

てか、この時代じゃまだＦＡＮＺＡに変わってないよ！　奈央の言う通り詳しいな俺！

やっぱりムッツリだな！

「ん？　あれ……もしかして」

「なんだ、次はどうした。もうツッコミは疲れたよ」

「やっぱり！」

俺の言葉を無視して、急に奈央がローファーをパカパカ言わせながら、校門のほうへと走り出した。

おてんばな幼馴染みにため息をつきながら、俺は自動販売機の前で缶コーヒーの蓋《ふた》を開ける。

すると、校門の前で止まった奈央の声がこちらまで響いてきた。

「おぐおぐじゃん、久しぶり！　どうしたのこんなところで！」

声のボリュームすげーな。校門までは十メートル近くも離れているというのに、綺麗《きれい》に聞き取れるぞ。

校門の陰に誰《だれ》かいるのだろうか、奈央が手を伸ばすと、白くて細い腕が引っ張られて、ショートカットの女子が姿を現した。

そして、奈央はその女子の手を引いたまま、再びこちらへ駆け足で戻ってくる。

二人が俺の元へと近付くにつれ、だんだん女子の顔が鮮明になってくる。

それと比例して俺の心臓もドキドキし始めた。

二人が自動販売機の前に到着する頃《ころ》には、俺の心臓は爆発《ばくはつ》寸前で、額《ひたい》から汗まで噴き出していた。

奈央はニコニコしながら、連れてきた女子に言う。

「おぐおぐジュース買ってあげる！　なにがいい？　ほら、いっぱいあるよー」

「い、いえ……奈央先輩、大丈夫です」

「遠慮しなくていいんだよ。もー、あいかわらずかわいいなーおぐおぐは～」

「で、でも……」

そう言いながら女子はチラッと俺の顔を見る。

「はうあっ！　し、下野先輩！」

そして、クリっとした目をさらに丸くして、顔を赤らめた。

なぜ。

なぜ、君がここにいるんだ。

右色《うしき》小栗。

◆

「え？　おぐおぐと七哉知り合いだったの？」

校舎から校庭に続くコンクリートの階段に座りながら、俺たち三人は買ったジュースを飲んでいた。

俺の隣に奈央。そして、その横に小栗ちゃん。

疑問は二つ。

なぜここに右色小栗ちゃんがいるのか。

もう一つは、さきほど奈央が俺に投げかけた質問をそのままお返しした内容だ。

奈央と小栗ちゃんが知り合い？

十一年前にそんな記憶はなかったが……これもバタフライ効果？　いや、俺がただ知らなかっただけなのかもしれない。歴史上この二人が俺の前で顔を合わせるようなイベント自体、なかったからな。今さら真相を解明することは不可能だ。

どっちにしても、この二人にどんな接点があるのだろうか。

「私と下野先輩は、その、オンラインゲームを一緒にやっていた仲でして……」

俺が余計なことを考えているうちに、代わって小栗ちゃんが奈央の質問に答える。

「ああ、そういえば七哉なんか中学のとき、よくパソコンのゲームやってたもんね」

「私そのゲームがオンライン初めてだったんですけど、ソロでやってたところを、下野先輩がパーティに誘ってくれたんです。右も左もわからなかった私に優しくレクチャーしてくれて、すごく助かりました」

「へー、紳士じゃーん七哉ー」

奈央が思ってもないことをニヤニヤしながら言う。

「はいはい、ネット上でしか紳士な立ち居振る舞いできなくて悪かったですね」

「し、下野先輩はネットでもリアルでも紳士でカッコイイです！」

「あ、ありがとう」

小栗ちゃんが顔を真っ赤《まっか》にして俺を見つめるもんだから、こっちも自然と顔面が熱くなる。

この前のオフ会といい、なんだか十一年前と比べて、積極性が増している気がする。

「ところでおぐおぐは今日なにしにうちの学校に来たの？」

「あ、はい、それはですね。あの……」

小栗ちゃんが膝《ひざ》を抱えモジモジし始める。

俺は既視感のあるその光景を見て、ようやく一つ目の疑問である、なぜ彼女がここにいるのかが理解できた。

俺の人生初めてのデート。

そう、小栗ちゃんから東京タワーへのデートに誘われたときも、彼女はこのように恥ずかしそうな様子で顔をうつむかせていた。

本来の歴史では東京タワーに誘われるのはオフ会から二週間後の話だが、今回の積極的な彼女なら、このタイミングでも不思議じゃない。

だけど、この東京タワーのデートに行ってしまうと、今度こそ、間違いなく俺は文化祭の日に小栗ちゃんから告白されてしまう。

どうしたものか。

まだ先のことだと思っていたので、断る理由なんて、なにも考えていなかった。

「あの、下野先輩、もしよければ私と東京タワーに……」

予想通りの言葉が小栗ちゃんの口から発せられたと同時、ブオンブオンとバイクのアクセルをふかす音が校庭に響いた。

俺たちは一斉にそちらへ気を取られ、音の鳴ったほうを見る。

大きなツインテールをなびかせたギャルが原付スクーターで校庭を横断していた。

ああ、確かあの人、原付で通学してるとか言ってたな。

「あれ、琵琶子ちゃんじゃない？　おーい琵琶子ちゃゃーん！」

奈央が校庭を走るライダーに手を振って呼びかける。

おいおい、能天気な幼馴染みよ、やめてくれ。この状況で琵琶子先輩が来ると、話がややこしいことになりそうな気がしてならないんだ。

まあ、案《あん》の定《じょう》、琵琶子先輩はこちらに気付きハンドルを切る。そして数秒もしないうちに階段の前へとたどり着き、原付を停めてから、ヘルメットを指でクルクル回しながら上ってきた。

「オイー奈央ぽーん！」

「いえーい琵琶子ちゃーん！」

グーでお互いの拳《こぶし》をぶつける。ラッパーかよ。

「オイー、七のすけー！」

え、俺もやるの⁉　やだよ、恥ずかしい！

こいつ、やるまで続ける気だな。しつこい。

「お、おいー」

しょうがなくコツンと拳を合わせる。

「オイー……ん？　アンタ誰……？　ああ、こないだの、ちびっ子ちゃん！　名前なんだっけ？」

そのままのノリで行こうとしたみたいだけど、誰だか気付いてなかったのかこの人は。

一方で小栗ちゃんはあからさまに琵琶子先輩の登場に動揺している。

「おぐおぐだよ琵琶子ちゃん」

「そう！　おぐおぐ！」

いや、おぐおぐではない。

「琵琶子ちゃんもおぐおぐと知り合いなの？　おぐおぐは顔が広いですねー」

ヨシヨシと、小栗ちゃんの頭を撫《な》でる奈央。

「奈央先輩、は、恥ずかしいです」

「もう、おぐおぐはかわいいなー」

奈央はいたずらな顔をして、クシャクシャと綺麗だったショートカットを余計にかき回す。

「てか、三人して、こんなとこでなにしてるワケ？」

「えっと、なんかおぐおぐが七哉に用事があるんだって。なんだっけ東京タワーがなんとか」

「な、な、な、奈央先輩！　そこまで言わなくてもいいです！」

慌《あわ》てる小栗ちゃんの顔に視線を向けながら琵琶子先輩が急にニカッと笑った。

「あ、わかった！　おぐおぐ、七のすけを東京タワーデートにでも誘う気ってワケでしょ！」

見事に当てやがった。さすが琵琶子先輩。洞察力が鋭い。

「それは……えっと……！」

「七のすけのことタイプって言ってたもんね、おぐおぐ！」

「え⁉　そうなのおぐおぐ⁉　七哉なんかのどこがいいの⁉」

おい、おまえは本当に毎度失礼だな！

「違います！　いや、違くないけど、えっと、ううう」

今にも小栗ちゃんは泣き出しそうだ。女子高生が女子中学生イジメるんじゃないよ！

と、言いたいが、微妙な立ち位置の俺は口を挟めない。

「まー奈央ぽんは幼馴染みでずっと一緒にいるから、そう思うのかもだケド、七のすけもけっこうイイ男だよ。ビワのオキニ」

え、琵琶子先輩、そんな風に思っててくれたの？　なんか照れちゃう。

「えー、そうかなー」

そうかなー、じゃないんだよ。そこは「へー、そうなんだ」って相づち打っとけばいいんだよ。協調性を身に付けろ。

「だがおぐおぐよ、二人きりで東京タワーデートはちと早計ってワケ。タイプだからって自分にとってベストな彼氏になるとは限らないってワケよ中学生。光陰矢《こういんや》の如《ごと》し！　ＪＣ時代もＪＫ時代もあっという間に終わって時間は戻らない！　変な男つかまえて無駄な青春すごしたと後悔しないためにも、もっと慎重になるべしなんだケド」

「琵琶子先輩さっき俺のことイイ男って言ってましたよね。変な男にクラスチェンジしてますけど、気のせいでしょうか？」

「ちょっと今女子トークしてるんだから男子は黙っててほしいんだケド」

「……すみません」

理不尽だ！

「下野先輩は変な男の人じゃありません！」

小栗ちゃん、なんていい子！

「わかってる、わかってる。だケドおぐおぐ、七のすけと直接会ったの、この前が初めてなんでしょ？」

「そ、それは！　……そうですけど、ずっとチャットでやり取りしてましたから」

「もし七のすけがネット上では男のフリしてる女子だったらどうしてた？」

「……」

「ね？　人間なんて直接会って、話して、オイオイーってやって、初めてハートエンソウルってワケ」

ハートエンソウルってなんだよ。意味わかんないけど、意味通じるのがムカつくな。

そして、やっぱりこの人は課長と似ていて会話が上手い。

すぐに話の中核をつかんで自分のペースに持っていく。

「別に……さ、左近司《さこんじ》先輩には関係ないじゃないですか」

「オイー、ツンデレかよーおぐおぐオイー。ビワとおぐおぐの仲じゃんかよオイー」

あんたも小栗ちゃんとはこの前が初対面だろうが。てかさっきまで名前も忘れてただろ。

「なにが言いたいんですか左近司先輩は。私、左近司先輩がなにしたいのかよくわかりません」

そうだよな。

俺もわかんない。

でも、よくわかんない琵琶子先輩のおかけで東京タワーデートが阻止されるならば、小栗ちゃんには悪いけれど、俺的には助かる。

すまん、小栗ちゃん。

そして頑張れ琵琶子先輩。よくわかんないけど。

「だいたい二人だけで、ただ高いとこ行ってなにが楽しいのって、感じなんだケド。そんなの、つまんないつまんない。若者が行くとこじゃないって感じなんだケドー」

「な！　わ、若者が行くとこじゃないって……私は十分、若いです！　じゃあ左近司先輩はどこなら楽しいっていうんですか！」

「そんなの遊園地に決まってるワケ！」

「ゆ……遊園地？」

「そゆことー！　おぐおぐ、とりあえず二人じゃなくてみんなで遊園地行くっしょ！　そんでちゃんと七のすけが自分にふさわしいか見極《みきわ》めるってワケ！」

まあ、確かに会って二回目でいきなり二人きりより、まずはグループで遊びに行くほうが高校生としては健全だし自然ではある。説得力がないわけじゃないが……。

この人、自分がたんに遊園地行きたいだけじゃないだろうな？

「で、でも……」

渋る小栗ちゃんに奈央が言う。

「遊園地いいじゃん、おぐおぐ！　確かに、奈央お姉ちゃんはかわいいおぐおぐを、いきなり七哉と二人きりにさせるのはちと心配だよー」

まるで俺が軟派な野郎みたいな言い方だな。

一応、誘われてる側は俺だからな。

「……奈央先輩がそう言うなら……」

肯定の言葉が出たのを聞くや否《いな》や、琵琶子先輩は間髪容《かんはつい》れずに叫んだ。

「よっしゃー！　じゃあみんなで遊園地に決定ー！　楽しみなんだケドー！」

うん、やっぱりこの人、自分が行きたいだけだ。

◆

遊園地に行くため駅前に集まったのは、その週の土曜日。

企画から決行まで超高速なのが琵琶子先輩らしくて感心する。

駅前といっても電車で向かうわけではなく、移動手段は車だとのこと。

その移動車となるシルバーのワンボックスカーが駅前のロータリーに到着した。運転手は保護者も兼ねての唯人《ゆいと》さんである。助手席には課長が座っている。

「お待たせ」

助手席のウィンドウを開け、課長がみんなに言った。

待機していたのは俺に琵琶子先輩、奈央と小栗ちゃんだ。その小栗ちゃんが、ほほをふくらませ、不満そうに課長を見る。

「なんで、上条《かみじょう》先輩も一緒なんですか」

確かに小栗ちゃんからしたら課長はほとんど他人みたいなもんだ。特に俺と同じ平凡属性の彼女にとって、カーストトップの女子はメンタル的にしんどいものがあるのはわかる。

しかし、この企画の発案者が琵琶子先輩な以上、課長が参加するのは最初から決定していた。上条透花《とうか》大好きなあのギャルが、こんな楽しそうなイベントに彼女を呼ばないわけがないのだから。

「ごめんね右色さん……。オフ会のときといい、急に来ちゃって」

課長が申し訳なさそうな表情で小栗ちゃんを見る。ふいに美人と視線が合ったことに恥ずかしさが勝ったのか、小栗ちゃんはすぐに下を向き、小さな声で、

「あ、いえ、すみません。その、上條先輩が嫌だとかそういうわけじゃなくてですね。失礼なことを言って申し訳ありません」

やはり、小栗ちゃんは俺と属性が一緒らしい。逆らえないものを即座に察知する嗅覚《きゅうかく》が自然と備わっている。

そして、失言に対する迅速《じんそく》な撤回と謝罪。

小栗ちゃんならいい平社員になれそうだ。

「おぐおぐワガママ言ってないで、ほら行くよ。他の二人もさっさと車のれしオイー」

毎回ことの発端《ほったん》だけ作っておいて、よくそんな我関せずな顔ができるもんだ。しかたなく琵琶子先輩の指示に従って俺たちは車にのり込んだ。

目指すは県をまたいだ先にある有名テーマパークだ。

駅を出発し、しばらく走ってから高速道路に入ったところで、俺は唯人さんに後部座席から声をかける。

「この車、唯人さんのですか？」

「ああ、最近買ったんだ」

「へー、どうりで新車独特のいい匂《にお》いすると思った」

ていうか、大学生で新車買えるってすごいな。さすが唯人さん。

「免許取ったら私も使わせてもらうけどね」

助手席で課長が言う。

「あはは。いいけど擦《こす》ったりしないでくれよ」

「はあ？　私、運転上手いんだけど」

「運転したことあるみたいな言いぶりだね。無免許運転はダメだぞ透花」

「あ、いや！　ゲームの話よ、ゲーム！」

また、この人は高校生だってこと忘れて。そんなんだから唯人さんに怪しまれるんだぞ。

「てかてか、透花のお兄さんイケメンなんだケド。さすが血のつながった兄妹ってワケ？」

隣に座っていた琵琶子先輩が俺の肩に手をのせて会話に参加してきた。一番後ろの座席に座っている奈央も、

「確かにー。カチョーのお兄さんモテそー」

「唯人でいいよ。嬉《うれ》しいこと言ってくれるね」

唯人さんがバックミラーごしにウィンクをしてみせる。なんでこの人がやるとキザなことも様になるんだろうか。

「二人とも、こんなののどこがいいのよ」

なんて妹からは辛口が飛ぶ。

「ウケる。まーでも唯人くんはイケメンだけど、ビワ的に年上は恋愛対象じゃないから安心しな透花」

「あれ、そうなの琵琶子ちゃん？　わたしは全然、唯人くんありだなー」

「ちょっと奈央ちゃん、変なこと言わないの！　調子にのるんだからこのバカ兄は」

盛り上がる車中で奈央の隣に座っている小栗ちゃんだけは下を向き、無言のままだ。

若干《じゃっかん》顔色が悪いように見える。

「小栗ちゃん大丈夫？　車酔いでもした？」

俺が声をかけると小栗ちゃんはすぐに顔を上げ、

「あ、いえ！　全然そんなことなくて……。みんなコミュ力おばけだなって……。なんかちょっと会話に参加できない自分に嫌気がさしているというか」

すると、奈央が小栗ちゃんのほっぺに自分のほほを擦り付けた。

「もうーおぐおぐ、そんなことで落ち込まないでいいんだよー。おぐおぐはいるだけでかわいいマスコットみたいなもんなんだからー」

「ちょっ、奈央先輩、くすぐったい、です」

奈央に翻弄《ほんろう》されながら小栗ちゃんは恥ずかしそうに悶《もだ》えている。

それをみて爆笑している琵琶子先輩と心配そうに見ている課長。

なんだか楽しいドライブである。

高速を二時間ほど走り、遊園地に着いたのは午前十時すぎ。

駐車場に車を停め、俺たちは入園口へと向かった。

ゲートの前で琵琶子先輩が、あらかじめ買っておいたワンデイパスを全員に配る。

「なくさないようにパス入れも用意したからねー。こっちはビワからのオゴリ～」

首からぶら下げる紐《ひも》が付いたパス入れを琵琶子先輩から渡される。こういう気遣《きづか》いをサラッとやってのけるのが琵琶子先輩の侮《あなど》れないところである。

「課長、遊園地って何年ぶりですか？　俺は大学以来です」

順番にゲートをくぐっている最中、俺はうしろにいた課長に話しかけた。

「うーん、小学生のときに一回行ったきりかな」

「えっ、そうなんですか⁉」

「ちょっと、声が大きいわよ七哉くん」

遊園地みたいなテーマパークは課長にとって幼稚すぎるということだろうか。

でも、夏のウォーターパークではけっこう楽しそうにしてたしな……。

「あ……」

「なによ」

ウォーターパークで思い出した。

「そういえば課長、絶叫系苦手でしたもんね」

「は？」

「なんでもありません」

だけど、ここの遊園地は絶叫系がメインだ。一応ゆっくりとしたのり物や参加系の箱型アトラクションも少なくないけれど、本命である絶叫マシンにはみんなのりたがるだろう。

早速、入園ゲートをくぐり終えれば、目の前にはゴオオオオオと勢いよくコースターが坂を滑り落ちる光景。乗客の叫び声が右耳から入って左耳に流れていく。

それを見た琵琶子先輩はテンション爆上げ状態で、

「ビワ最初あれのりたいんだケド！」

と、ぴょんぴょん跳ねる。もちろん、みんなも自然に賛同。そのままジェットコースターの入り口に続いている列へと向かうことに。予想通りの展開だ。

ジェットコースターの案内看板を見ると、『日本一高いジェットコースター』という謳《うた》い文句《もんく》がドデカく書かれていた。どれくらい高いかは、上を見上げれば一目瞭然だ。

俺たちはジグザグになっている坂道の通路を上り、スタート地点まで続いている列の最後尾へと並んだ。中腹くらいまで上っただろうか。人気アトラクションなだけあって、頂上まではまだ時間がかかりそうだ。

こんな高いジェットコースター、大丈夫なのだろうか、課長。

心配になって振り返ってみる。

顔面蒼白《そうはく》だった。

「課長⁉」

「な、なに？」

「いや、本当に大丈夫ですか⁉」

「だだだだだ大丈夫よ。別にジェットコースターごときで死ぬわけでもあるまいし」

ジェットコースターで死なんて言葉が連想されること自体、ビビってる証拠だよ！

他のメンバーはワクワクしている様子が見て取れるくらい楽しそうだというのに、一人だけまるで予防接種の列に並ぶ小学生のようだ。やっぱりのるのやめたほうがいいんじゃないか？

かといって、俺たちのうしろにはもう後続の客が何人も並んでしまっていて、人でギュウギュウになった狭い通路を引き返すことは困難だ。

まあ、でも、自分で蒔《ま》いた種《たね》だ。つまらない意地を張るからこういうことになる。たまには課長も反省するべきである。などと、プチ下剋上《げこくじょう》の気分を味わう俺。

そうこうしているうちに列は順調に進み、ようやく俺たちの番がやってくる。

「唯人くん一緒にのろー」

奈央が真っ先に唯人さんの背中を押し、コースターへ向かう。奈央のやつ、えらく唯人さんになついているな。言っておくけど唯人さんは俺の唯人さんなんだからね！　ポッと出の巨乳女になんて渡さないんだから！

なんて、嫉妬《しっと》心むき出しで奈央を睨《にら》んでいる俺の横に、小栗ちゃんが寄ってくる。

「あ、あの……下野先輩よかったら……」

「オイーおぐおぐー一緒にのるぞー！　いえーい」

「あ、ちょっと！　左近司先輩ちょっと！　あー！」

小栗ちゃんの言葉を最後まで聞けぬまま、彼女はパリピなギャルに連行されていく。申し訳ない小栗ちゃん。どうやら琵琶子先輩は君を気に入ってしまったようだ。彼女の影響でギャルにだけはならないことを願うよ。

残るは俺と課長。

「じゃあ、課長のりますか」

「やだ」

「はい？」

「やだやだやだやだ！　のりたくない！　怖い！」

「あんだけ強がっていたのに、なにを今さら駄々《だだ》こねてるんですか！」

「だって、こんなに高いと思わなかった！　やだ、怖い、のりたくない！」

「だから言ったじゃないですか！　ちゃんと下にも日本一高いって書いてあったでしょ！」

「知らない！　記憶ない！」

「もう、あなたって人は……」

　いざコースターを目の前にしたら、その臨場感で怖じ気《おけ》づいてしまったのか、いつも冷静沈着な課長が、ここまでわがまま言うなんて珍しい。

　しかし、もう他の客は全員コースターにのり込んでしまっている。あまりモタモタしていると係員からも注意されてしまうだろう。

　俺は無理に課長の手を引きコースターにのった。課長も俺に引かれるまま座席に座る。

「うわーん、パワハラ、セクハラ、ジェコハラー」

「ジェコハラってなに⁉」

「ジェットコースターハラスメントー！」

「聞いてもわかんなかった！　はい、課長ベルト下ろして。ちゃんとしないと、落ちちゃいますよ」

「やだー落ちるの怖いー」

　泣きながら課長は安全ベルトを両手で下ろす。

　すると前の座席に座っていた琵琶子先輩がこちらを振り返りニヤニヤしながら、

「透花、こんなの怖いってワケ？　お子ちゃまなんだケドー」

　と、まあ、憎《にく》たらしく煽《あお》ってくる。空気を読めよ！

「はあ？　全然怖くないですけどー？」

あんたもよくこの段階で意地を張れるな！　今さら強がっても挽回《ばんかい》は無理だよ！

『それではスタートします』

俺たちが騒がしくしてる中、安全ベルトの確認を終えた係員からアナウンスが入った。

ゴト、ゴト、ゴト。

ゆっくりと車輪が回る音を鳴らしながらジェットコースターが最初の坂を上り始める。

隣に座っている課長の手が俺の手をギュッとつかんだ。

俺は少しドキッとし、課長の顔を見る。

すると、彼女は穏《おだ》やかな笑みを浮かべて俺に言うのであった。

「七哉くん……今までありがとう」

「いや、恋愛映画に出てくる余命わずかのヒロインが最期《さいご》に別れの言葉を告げるときのテンションーーーー!!」

◆

そしてコースターは急降下していった。

「いやー最高だったんだケドー！　ヤバかったよね七のすけ！」

「マジで最高でした！　最初の傾斜もすごかったけど、途中に来たループ二連続が楽しすぎて！　ね、小栗ちゃん！」

「それなです！　それなです！　私あのジェットコースター初めてのりましたがハマりそうです！　奈央先輩はどうでした⁉」

「めっちゃ面白《おもしろ》かった！　わたしのおっぱい吹っ飛びそうだったよ！　あははー！」

「うしろから見てても、奈央ぽんのおっぱいずっと揺れてるのわかって超ウケた！」

「もー琵琶子ちゃんのエッチー」

「あははは！」

ジェットコースターが終わり、俺たちはスカッとした最高の気分で地上へと戻ってきた。

「こうなってくると俄然《がぜん》、他のアトラクションが楽しみになってきましたね、下野先輩。あの足がブランブランしてるやつとか！」

「あー、ビワもあれ気になる。なんかコースター自体がグルングルン回るらしいじゃん？」

「琵琶子先輩、俺の事前調査によると、そのアトラクションが日本で一番怖いって言われてるらしいですよ」

「オイー、七のすけー、ビワのことナメてんのかー。ビワに怖いものなんてないんだよオイー」

琵琶子先輩が楽しそうに俺の肩をグーパンする。

興奮冷めやらぬ俺たちのうしろを、温かい目で見守りながら唯人さんが歩く。顔を真っ白にして放心している妹をおんぶしながら。

「ねーねーカチョー大丈夫ー？」

奈央が心配そうにおぶわれている課長の顔を覗《のぞ》く。

「透花は昔っから絶叫系は苦手だからねー。無理せずに下で待ってればよかったのに」

奈央に答えるよう唯人さんが言うと、その背中から、

「苦手じゃない……無理してない……」

と、今にも消えてなくなりそうな声が聞こえてくる。この期《ご》に及《およ》んで強がるとは、三周くらい回ってやっぱり課長はすごいと思えてきた。

「それじゃあ、次はどこ行くか決めようか」

妹の扱いには慣れているのか、課長の声なき声をスルーし、唯人さんがみんなの前でパンフレットを開く。

さすがにこの状態の課長を連れて、また絶叫系っていうのはかわいそすぎる。

みんなのテンションを下げず、課長も楽しめるアトラクションは……、

「このお化け屋敷とかどうです？　ここのホラーハウス、本物が出るとか出ないとかで、すごい有名ですし」

俺はパンフレットにのっている地図を指さして言う。

「ああ、僕もテレビで見たことある。よくバラエティーとかでも使われているよね」

唯人さんが提案にのってくれる。背中の課長はと見てみれば、表情が先ほどより数倍明るくなっている。多分、絶叫マシンよりお化け屋敷のほうが断然マシなのだろう。

「決まりですね」


「へ、へー、七のすけ、お化け屋敷とか子供が行くとこ好きなんだ〜。ビ、ビワは大人だから微妙なんだケドー」


唐突に琵琶子先輩が言った。

急なつっかかりに、どうしたんだと思い顔見てみると……。

顔面蒼白！　なんかデジャヴ！

まさか……。

「ま、まー？　そんな子供だましビワはぜっんぜん、怖くなんてないし、みんながどうしてもって言うなら……付き合ってやってもいいかなってワケだケド？　別にビワ的には他のでもいいかなーって思ったり、思わなかったり？」

今度はあんたかよ！

なんだよ！

美人の厳しい女上司は絶叫マシンが怖くて？

みんなが憧《あこが》れるカリスマギャルはホラーが怖い？

あんたたち似すぎだよ！

ギャップ萌《も》え狙《ねら》ってんのかよ！

確かにちょっとかわいいとこあんなとか思っちゃったよ！

「どうします？　琵琶子先輩がお化け屋敷怖いなら別のところ行きましょうか」

「は？　怖くないんだケド。別に付き合うって言っててんじゃん。ぶち殴るよ七のすけ」

この人は……。意地張るとこまで課長と一緒だな。

「琵琶子先輩がいいって言うなら別に構いませんが、本当に大丈夫です？　さっきの課長みたいに、あとから嫌になっても知りませんよ」

「私は関係ないでしょ！」

兄におんぶしてもらいながら言われても説得力ないのよ。

「ね、琵琶子先輩。あんな風になりたくないでしょ？」

「うるさいし。しつこいし。ムカつくし。行くし。大丈夫だし。怖くないし！」

ガシッガシッと俺のスネを厚底ブーツの先端で蹴《け》る琵琶子先輩。

こっちはこっちで頑固である。

「わかりました、わかりました！」

ったく、世話の焼ける先輩たちだ。

ともかく、次の予定は『戦慄《せんりつ》怪奇ホラーハウス』に決定である。

◆

『戦慄怪奇ホラーハウス』は近未来の病院が舞台となっている。

さまざまなミッションをクリアしながらゴールを目指す体験型ホラーだ。

いわゆるお化け屋敷に脱出ゲームの要素を加えたもので、完走率は三〇パーセントを切るらしい。

途中に何箇所かリタイア用の出口が用意されているので、ホラーが苦手な人でも気軽にお試しできるようになっているとのことだ。

このアトラクションも、さきほどのジェットコースターに次ぐ人気で、俺たちは四十分ほど並んでようやくスタート地点にたどり着いた。

「琵琶子、怖かったら無理しないで途中でリタイアするのよ」

「別にぃ、怖くないから平気だケドぉ？　ビワが途中でリタイアとかするワケないじゃぁん？」

めちゃくちゃ声震えてんな。さっきからずっと課長の腕つかんでるし。

前のグループがスタートしたタイミングで係員から説明が入る。

どうやらこのアトラクションは二人から三人のグループになって進むらしい。おそらく謎《なぞ》解き要素の関係で定員数が決まってるのだろう。

俺は入り口の前で、舞台となる建物を見上げた。近未来の病棟をリアルに再現している。設定としては、医療用のＡＩが暴走し、患者を人体実験に使い始めた結果、未知の生物が誕生してしまった病院。中でいったいなにが起こっているのか調べてきてほしい……というわけで、調査員として俺たちが抜擢《ばってき》されたのである。

コンセプト的には、和風なお化け屋敷というよりは洋風なモンスターパニック系って感じか。多分ゾンビみたいなのが、うじゃうじゃいるんだろうなぁ。そんなところを丸腰で調査するなんて死亡フラグもいいとこだよ。せめて初期装備のナイフくらい持たせてくれ。

「グループ分けどうしようか」

係員の説明がひと通り終わったところで唯人さんが言った。

「グッパで分かれますか」

「そうだね」

そして、決まった結果はこうだ。

先発組、下野、上條妹、右色。

後発組、上條兄、中津川《なかつがわ》、左近司。

男女のバランスとしてはいい分かれ方である。

「な、奈央ぽん、特別にビワの前を歩かせてあげる」

「任せて！　琵琶子ちゃんはわたしのおっぱいバリアで守ってあげる！」

おっぱいバリアってなんだよ。おまえのおっぱいは本当、万能なんだな。

まあ、向こうは頼りがいのある唯人さんも付いているし大丈夫か。

一方、俺は……なかなか複雑な組み合わせになってしまった。

俺が頼りがいのあるところを見せたい相手はというと、

「脱出ゲーム……最速でクリアしてやるわ」

とか、もう趣旨《しゅし》が一人だけ違うくらい、まったくホラーにビビってないし。

頼りがいのあるところを見せると逆に困るもう一人は、

「し、下野先輩……。あの、極力、離れないで進んでほしいです……」

と、正反対にビビっちゃってる。

ここで怖がる小栗ちゃんをつき離せば、さすがに俺のことが嫌になって、彼女から告白される未来も変えられるだろうけど、さすがにそんな悪魔みたいなことはできない。

「うん、大丈夫だよ、小栗ちゃん。ゆっくり進もうね」

「はい……！　ありがとうございます。やっぱり下野先輩は優しいです」

ああ、そんな澄んだ瞳《ひとみ》で俺を見ないでくれ。

「はっ！」

急な殺気を感じ俺は振り返る。

課長がものすんごい怖い目で俺を睨んでる！

そして、なんかいきなり下を向き足元の小石を蹴りながら、

「七哉くん、透花も怖いかも……」

「いや、さっき脱出ゲームがどうたらって、めちゃくちゃやる気満々だったじゃないですか」

ドカ。

今度は小石じゃなくて俺の足を蹴る課長。

「いたっ。ひどい！」

「ふん！　俺がいるから心配しないでくださいとか、そういうこと言えないの？」

「オレガイルカラシンパイシナイデクダサイ」

もう一回蹴られた。

だって怖がってない相手にそんなこと言ったら恥ずかしいのこっちじゃん！　ただのイタいやつになるじゃん俺が！

そんな小さな争いをしてる間に、係員からスタートの合図が入り、俺たち先発組は建物の中へと入ることに。

「うわ、思ったより暗いわね。右色さん、足元気を付けてね」

「はい、ありがとうございます上條先輩」

開始早々頼もしい姿見せちゃってんじゃんこの人。なにが怖いかもだよ。

暗闇《くらやみ》を進んでいくとオペ室と書かれた部屋が目の前に現れる。おそらく最初のイベントが行われる部屋だろう。

入り口は不気味な薄緑色に照らされていて、ある程度ホラー耐性のある俺でも、ドアを開くのに躊躇《ちゅうちょ》してしまう。

「ここに謎解きがあるのね」

バンッ！　っと課長がドアを豪快に開き、威風堂々、入室した。

小栗ちゃんが隣で、課長の立てたドアの音にビビっている。

しかたなく俺たちも課長のあとを追い、オペ室に入る。部屋の中央には大きなオペ台が一つ。

そして、小栗ちゃんが入り口のドアを閉めると、急に赤い光がつきサイレンが鳴り出した。

「きゃあ、やだ怖い！」

小栗ちゃんが再び入り口のノブに手をかけるも、ロックされたらしくドアは開かない。

すると、部屋の四隅からゾンビが這《は》いつくばって「ウァァァ」とうめきながら、ゆっくりこちらへ向かってきた。

「うおおっ！」「きゃあああああ！」

俺と小栗ちゃんが同時に悲鳴を上げる。

いや、ちょっと想像以上にコエーよこれ！

「多分このオペ台に置かれた制御装置みたいな機械を使って、出口のロックを開けるのね。

ああ、機械のディスプレイに簡単なパズルが映し出されてるわ。これくらいならすぐ解けるわね」

なんか一人で淡々と進めてるんだけどあの人！

課長がオペ台に置かれた携帯ゲーム機みたいな機械をいじり始める。そして十秒ほどピコピコしてると。

ガチャンッ――!!

「うわあ！」「いやああ！」

突如響いた大きな音に俺と小栗ちゃんは再び声を上げる。

「開いたわ。行きましょう」

ロック解除の音かよ！

てか、なんであの人あんなに冷静なんだよ！

スタスタと先に進み出口のドアを開けて部屋を出る課長。

残された俺たちは迫りくるゾンビにビビりながら必死にそのあとを追いかける。

オペ室を出ると今度は青く照らされた廊下だ。

「ううう、怖いです……下野先輩……」

そばで身を寄せる小栗ちゃんに、俺は猫背になりながら情けない声で返す。

「お、小栗ちゃんごめん、俺もけっこう怖いかも……」

先を行く課長の背中はピンとしている。

まあ、綺麗な姿勢だこと。

課長は自分が先導しすぎていることに気付いたのかこちらを振り返り、青い光をバックに俺たちの元へと歩いてきた。

なんか怖い！　おどかし役の人じゃないですよね⁉

「七哉くん」

「は、はい……！」

「透花も怖いから……一緒に行こ？」

自分からドンドン先に行っといて、どの口が言うんだ！

一緒に行こ、の言い方がめちゃくちゃかわいかったから許すけど。

てか、一緒に行きたいのはこっちのほうだ。

課長みたいな頼もしい人が横にいてくれないと怖くてこれ以上進める気がしない。

「あの、課長。男の俺が情けないんですけど、できれば離れないでいてほしいです」

「え⁉　ヤッター！　早く！　奈央ぽん、早く出よ！」

琵琶子先輩と奈央がガッツリお互いに腕を組み、出口から姿を現した。

唯人さんもそのうしろでヤレヤレみたいなポーズをして出てくる。

後発組が来たことに気付いた課長が琵琶子先輩に駆け寄った。

「琵琶子リタイアせずにゴールできたのね！　偉い偉い」

「うう、怖かったよ透花～」

さすがの琵琶子先輩も、もう意地を張れるほどの元気は残っていないようだ。課長の胸に飛び込み顔を擦り付けている。女子同士って羨《うらや》ましいなぁ。俺も課長に甘えたい。

「カチョーわたしも怖かったよー、ううう」

「奈央ちゃんも、よしよし」

奈央も課長の胸に顔をスリスリする。もう一回言っとこう。女子同士って羨ましいなぁ。

ていうかおっぱいバリアはどうしたんだ。それにおまえ出てくるとき思いっきり「あははー」って笑ってたよね？　余裕綽々《よゆうしゃくしゃく》な顔してたよね？

こっそり奈央の表情を覗いてみれば、めちゃくちゃ悪い笑みを浮かべていた。課長によしよしされたいからって、姑息《こそく》なやつめ。

「もう十二時だしお昼にしようか」

唯人さんが左手に巻いた時計を見ながらみんなに言った。

もう、そんな時間か。

人気のアトラクションを二つも消化できたのだし、午前中の動きとしてはまずまずだろう。

みんなで集まり、再び案内パンフレットを開いてレストランの位置を確認する。

「ビワ甘いの食べたいんだケド」

「それなです。私も体力使ったので糖分取りたいです……」

「オイー、おぐおぐ気が合うじゃーん」

「べ、別に、左近司先輩に合わせたわけじゃありません」

「なに照れてんの、ウケる」

「照れてません」

琵琶子先輩が小栗ちゃんにウザ絡《がら》みしてる間に、他のメンバーで複数の店舗が併合されているフードコートエリアを見つけ、俺たちはそこへ行くことに決めた。

◆

フードコートエリアはなかなか広かった。テーブルの数も多く、二階席まである。

とりあえず各人で食べたいものを購入してから、席に集まる。

俺はパークオリジナルということで人気のあるビッグバーガーセットを頼んだ。バンズに挟まれた、肉厚で大きいハンバーグが美味《おい》しそうだ。

課長も俺と同じメニューを頼んでいる。奈央と唯人さんはラーメン。琵琶子先輩と小栗ちゃんはパンケーキ。他のメンバーが買ったものを見るとなぜだかそちらが食べたくなる現象はなんなんだろう。

「七哉くん、七味取って」

俺の隣に座っていた課長が言う。

「ハンバーガーにもかけるの⁉」

「だって置いてあるから」

確かに多数の調味料が置かれているカゴの中には、七味唐辛子《しちみとうがらし》も入っているけれど。あれは蕎麦《そば》か牛丼頼んだ人のために置いてるんでしょうが。

「あと、かけるんじゃなくて挟むのよ」

俺から七味を受け取ると、ハンバーガーのバンズを上だけ外し、ハンバーグに直接ふりかける。

「いや、かけるとか挟むとかどっちでもいいですけど」

ハンバーグを包んでいたテリヤキソースが赤く染まり始める。あれ、でも案外うまそうかも。甘辛いタレと七味って普通に合うもんな。

「あの……課長、俺も七味いいですか？」

「ん、あれー？　七哉くんほしいのー？」

くっ、意地の悪い笑みを……。俺がバンズを開いて待っているのをわかっていながら。

「……お願いします」

「甘えんぼさん……」

課長は耳元で囁《ささや》き、俺の顔をジッと見つめながら、ゆっくりと七味をテリヤキソースに絡めた。

なにこれエロい！

課長め、いつの間にこんな小悪魔ムーブ覚えたんだ。うん、でも、七味でやることじゃないのよ、そういうのは。

「てか午後はどうするワケ？　透花が絶叫系のれないと行くとこ限られるケド」

俺の正面に座っていた琵琶子先輩が言った。

「別に絶叫系苦手じゃないわよ？　ただ、今日はもう十分かなって気分だからのらないけど、みんなは気にしないでのって」

「はいはい、強がりオツなんだケド」

「な、強がってなんかいませんー！　ああ、琵琶子のためにホラー系は避《さ》けないとね！　琵琶子、ワンワン子犬みたいに泣いちゃうもんね！」

「ハア？　ビワ別にお化けとか怖くねーし！　てかさっきも出てきたゾンビ全部ビワがブチ

殺したし！　ね、奈央ぽん！」

いや、スタッフなんだからブチ殺しちゃだめだろ。あと殺せないからゾンビなんじゃないの？

「うん！　琵琶子ちゃん、グレネードランチャーで一掃《いっそう》してたよね」

奈央が悪ノリしてきたな。あんな狭い屋内でグレネードランチャーなんか使うな。収拾つかなくなりそうだから口挟むか。

「じゃあ、俺お土産《みやげ》コーナー先に見ときたいんで、午後は課長付き合ってくださいよ」

「え⁉」

「さっき、みんなで日本一怖い絶叫マシンの話して盛り上がってたから、多分それのる流れになると思いますよ。どうせ課長は無理でしょう？」

「ど、どうせってなによ。ま、まあ、私もお土産見ときたかったし、別に付き合ってあげてもいいけど」

「はいはい。お付き合い、お願いします」

日本一怖い絶叫マシンなんてのったら課長は失神でもしそうだ。

俺の提案に唯人さんがフォローを入れてくれる。

「それじゃあ、他のメンバーは僕と一緒にその絶叫マシンのりに行こうか」

「わーい！　楽しみー！　ねー、おぐおぐー！」

楽し気な奈央に振られた小栗ちゃんは少し慌てた様子を見せ、

「えっと……私もお土産……」

「オイーおぐおぐー、どっちがビビんないか勝負しよーってワケ」

「いや……私はその、お土産のほうに……」

「いいねー琵琶子ちゃん！　わたしもその勝負のった！　三人で勝負して負けた人はソフトクリームおごり！」

「あの……私……」

「奈央ぽんにもおぐおぐにも負けるワケないんだケド」

「あの……」

「言ったなー！　よし、唯人くんさっそく行こう！　ほら、おぐおぐも行くよ！」

「ああーーーー！」

陽《よう》の者たちに強制連行される最年少であった。

そのあとを追うように立った唯人さんは俺を見てウィンクする。

「下野くん、またあとで落ち合おう。透花のこと、よろしくね」

そこで改めて俺は、課長と二人きりになるのだと気付く。

午後はドキドキの遊園地デートになりそうだ。

◆

「見て見て下野くん、これ、かわいくない？」

入園口付近に設営されたお土産ショップで課長が一枚のＴシャツを手に取り言った。

白の生地《きじ》におどろおどろしいゾンビのイラストがプリントされているシャツだ。

「それ、さっき入ったホラーハウスのグッズですね。すみません、ゾンビがかわいいって感覚が俺にはわかりません」

「なんでよー、かわいいじゃない」

「いや、デフォルメされてるならまだしも、かなりリアルに描かれてるじゃないですか。これのどこがかわいいんですか」

「ポーズとか」

ポーズ⁉　返答が斜め上すぎるよ！　明らかに人を襲ってるときの体勢してますけど⁉

「もっと違うとこ見ましょうよ」

店内は広く、様々なお土産が置かれている。

課長が手に取ったようなアトラクションのグッズや、県の特産物とコラボしたパーク限定のお菓子、これも地方で有名なものなのか漬け物なんかも売っている。

「七哉くんは誰にお土産買っていくの？」

陳列された商品をゆっくりと眺めながら、課長が俺に聞く。

「鬼吉《おにきち》と家族にですね。小冬《こふゆ》にもいいもの買ってかなきゃうるさいんで」

「小冬ちゃんも来ればよかったのに」

「今日は部活で空《あ》いてなかったみたいです。あと、あいつ人見知りなんで、琵琶子先輩と小栗ちゃんいるの知ったらどっちみち来なかったと思いますよ」

「ああ、そっか。もともとは右色さん発案だったんだよね。なんかこの前のオフ会といい、勝手に参加して、申し訳ないわ」

「課長がいないと琵琶子先輩と奈央のマイペース止められる人いないじゃないですか。俺だけじゃ無理ですよ」

「あはは、そうね」

照れくさそうに笑う課長。

ちょうどお菓子が並ぶコーナーに着いたので俺は見本品を一つ手に取った。

「鬼吉にはこれでいいかな」

「鬼吉くんは用事があったんだっけ？」

「用事っていうか、今日は日サロの日らしいです」

「日サロの日……ちゃんと日にちが決まっているのね。私も鬼吉くんにお土産買ってこうかな」

「じゃあ、二人からってことで、こっちのちょっと高いやつ買います？」

「あら、いいわね。そうしましょう」

俺は持っていたお菓子を元の場所に戻してから、その横にあった少し高級なチョコレートの詰め合わせを手にした。

課長も家族用にと別のお菓子を一つ。俺たちはそのままお菓子コーナーを抜けて、再びグルリと店内を見て回った。

ひと通り見たところで、ふいに課長が足を止め、陳列棚にかけられたキーホルダーを見て言った。

「そういえば、昔、社員旅行で七哉くん変なキーホルダー買ってたよね」

「変なじゃないですよ。アルパカのキーホルダーです。ちょうど家のカギに付けるのほしくて、なんとなく買ったんですよ」

「あれって、どこ行ったときだっけ？」

「那須《なす》ですね。動物とのふれあいしたり、あとトリックアート見に行ったりしたじゃないですか」

「ああ、思い出した！　けっこう楽しかったよね」

「また行きたいですねぇ」

「ジーオータム商事に入社すればまた行けるわよ」

「わかんないですよー。なにかの影響で社員旅行の行き先も歴史改変されるかも」

「あはは、今まで一番どうでもいい歴史改変ね」

課長がお腹《なか》に手を当てて笑う。

「どうでもよくないですよ。あのアルパカのキーホルダーけっこうお気に入りだったんですから」

「別のお気に入り探せばいいじゃない。ほら、目の前にもたくさんあるわよ。これなんてどう？」

そう言って課長が取ったのは山をモチーフにしたキャラクターのキーホルダー。このパークのマスコットキャラクターらしい。

「なんか憎たらしい顔してません？」

「そう？　かわいいじゃない。ヤマデくんっていうんだって」

やっぱりさっきのTシャツといい、いまいち課長のセンスがわからないが、ゾンビよりかはヤマデくんのほうが幾分かマシだ。

「それじゃあ、せっかくだし買おうかな」

「あ……あの、七哉くん」

「はい？」

俺がヤマデくんのキーホルダーを陳列棚から一つ、つかんだところで、課長が少し低いトーンで俺の名前を呼んだ。

「……お揃《そろ》いで買わない？」

「お揃いですか⁉」

「い、嫌なら全然いいの！」

「いえ！　嫌じゃないです！」

お揃い。ペア。それは同じ物を持つということ。二人の思い出として。

課長にどんな意図があって、お揃いの提案をしてきたかは定かじゃないが、これを断るほど俺はバカじゃない。

やはり、着々と、俺たちの距離は縮《ちぢ》まっているはず。

「じゃあさ、ヤマデくんのポーズ、いろんな種類あるから、お互いに選びあわない？」

「いいですね。お互いのセンスが問われますね」

「ふふふ、ちゃんと七哉くんに似合うやつ選ぶからね」

「俺も課長に合ったかわいいやつ選びますね」

うおおおお、なんだよ、これ。

めちゃくちゃカップルみたいじゃん。

え、楽しい。最高！

「あ、その前に私ちょっとお手洗い行ってくるね。先に選んでて」

「いや、待ってるんで、一緒のタイミングで選びましょうよ」

「あはは、じゃあ、そうしよっか。ゴメンね」

「いえいえ」

課長はそう言ってトイレへと向かった。なんだか課長も楽しそうに見える。もしかしたら、久しぶりに遊園地に来たということ自体が、課長にとって嬉しいイベントなのかもしれないが、それでも、課長の笑顔がたくさん見られて俺は満足だ。

ちょっとフライングして先にキーホルダーの下見しちゃおうかな。

なんて、ズルいことを思っている俺の背中に、聞き覚えのある声がかかった。

「下野先輩！」

振り返ると、そこに小栗ちゃんがいた。

「あれ、小栗ちゃん。絶叫マシンは？」

「やっぱり私だけやめて、こっちに来ちゃいました」

「そうなんだ」

少し息を切らしているので、走ってきたのだろうか。

「小栗ちゃんも先にお土産買っときたかったの？」

「いえ、私は……その、下野先輩と一緒にのりたいものがあって……それで来ました」

小栗ちゃんはそう言うと、十一年前とは違い、うつむかずに俺をまっすぐ見た。

「のりたいもの？」

「はい、その……観覧車です」

「観覧車……」

どうしようか、と俺は少し戸惑う。

なんとなく、彼女なりのアピールであることはわかった。多分、急いで俺を誘いに来てくれたのだろう。けれど、やはり俺の心が揺らぐことはないのだ。それは小栗ちゃんに魅力がないというわけでは決してない。ただただ、俺には好きな人がいる。その事実が、その思いが、揺るがないということ。ならば、俺が小栗ちゃんにできるのは、最大限、彼女がこれから受ける傷を少なくしてあげること。

下手に期待を持たせてしまうと、かえって彼女を傷つけてしまう。

生意気なことを言っているかもしれないが、早い段階で俺への気持ちを諦《あきら》めてもらい、告白を回避する。それが俺のするべき選択であるはずだ。

しかし、ここで断るのも、それはそれでかわいそうな気がする。そんな葛藤《かっとう》をしていると、俺たちの元へ課長が帰ってきた。

ちょっと、よくないタイミングだ。

「あれ、右色さん、こっち来たのね。右色さんもお買い物一緒にする？」

「いえ、私は下野先輩と観覧車にのりたくて、誘いにきました」

小栗ちゃんが素早く答える。

「そうなんだ。じゃあ、お土産買ってから三人で行こうか」

妹の意見を尊重してあげるお姉ちゃんのようなまなざしで、課長は優しく小栗ちゃんを見る。

「そうしようか小栗ちゃん」

俺もすかさずその流れにのった。

――が。


「いえ、私、下野先輩と二人で観覧車にのりたいので、すみませんが別行動でお願いします」

ストレートな言葉が彼女から強く発せられた。

十一年前には見たことないくらい、凛々《りり》しく、まっすぐに。

「え、ええ、わかったわ……」

課長が声を細めて答える。

「でも課長、キーホルダー」

「いいの、いいの。かわいい後輩の頼みなんだし、行ってあげなさいよ七哉くん」

「課長……」

俺は、それ以上、なにも言えなかった。

小栗ちゃんのまっすぐな気持ちと、大人の対応をする課長に、ただ下を向き、傍観者となることしかできなかった。

そして。

情けなくも、上條透花が今どんな表情をしているのか、怖くて見られなかった。

◆

カンカンカンという甲高《かんだか》い音と共に、俺たちののっているゴンドラが、ゆっくりと高度を上げていく。

パークの周りは山林が広がっているので、窓から見える景色は申し分ない。

「下野先輩、なんだか強引《ごういん》にすみませんでした」

向かい合わせで座っている小栗ちゃんは、いつもみたいにうつむきながら言った。

「そんな、大丈夫だよ」

俺は前を向いて答える。

その言葉に安心したのか、小栗ちゃんがゆっくりと顔を上げた。

近い。

観覧車の中ってこんなに狭かったのか。

初めてのったから知らなかった。

少しでも腕を伸ばせばそのほほに手のひらが触れてしまいそうな距離だ。

ゴンドラが揺れているのか、それとも俺の脳が揺れているのか、曖昧《あいまい》なほどに緊張感が漂っている。

無言のままゴンドラは徐々に頂上へと近付いていく。

年上なら会話くらいリードしてやれよ七哉。

そう自分に言い聞かし、俺は口を開く。

「そういえば……」『あ、あの……」

「あ、ごめん」『すみません！」

くぅー。気が合うのか、合わないのか、わからんぞ。

「なに？」

「いえ、下野先輩からどうぞ」

「そう？　小栗ちゃんって奈央とどんな知り合いなの？」

今聞くことじゃないだろうに、こんなことしか会話のネタが思いつかない。でも気になっていたことだし、別にいいよね。

「知り合いというか……地元一緒なのでたまたまお友達になったって感じですかね……」

「ああ、そうか。小栗ちゃん西中《にしちゅう》だっけ？」

「はい……あれ？　私、下野先輩に西中だって話しましたっけ？」

「あ、いや！」

そうだった、これはタイムリープ前に聞いた情報で、この時代の小栗ちゃんとはまだ中学校の話はしていないんだった。

「あ……もしかして上條先輩から聞きました？」

「ん？　そうそう！　うん、課長から聞いて！」

あっぶねー！　課長といつの間にかそんな話してたのか。助かったー。

「下野先輩って、上條先輩のことなんか課長って呼びますよね」

「ああ、まあ、ニックネームだよ。奈央もカチョーって呼んでるでしょ？」

「そういえば、そうですね。面白いニックネームですね」

「あはは……」

やっぱり女子高生相手に課長なんて呼ぶのは違和感あるよなあ。

「左近司先輩も、奈央先輩も……上條先輩も、みんな綺麗な人ばかり」

「奈央は幼馴染みだからコメントしづらいけど、残りの二人は甘高でも有名だからね。西中ではさすがに高校生の噂は聞かない？」

「左近司先輩のことは知りませんでしたけど、上條先輩は西中でも有名です。男子の中には上條先輩目当てで甘高を志望校にしてる人もいるみたいです」

　そう言うと小栗ちゃんは窓の外を見つめた。少しの間、無言が続く。

「……でも、小栗ちゃんもかわいいよ」

「本当ですか⁉　う、嬉しいです」

　つい、雰囲気に耐え切れず、また思わせぶるようなことを言ってしまった。だけど、あんな寂《さび》しそうな顔で視線を外されたら、なにも言わずに黙っているなんて、逆にかわいそうだ。

　それに、小栗ちゃんがかわいいと思うのは本音だ。この子はもっと自分に自信を持ってほしい。

「ところで、小栗ちゃんはさっきなに言おうとしたの？」

「ああ、その……上條先輩のことなんですけど」

「うん」

「下野先輩は上條先輩のこと、どう思ってるんですか――？」


　ガクンとゴンドラが揺れた。

　頂上に到着し、また下降を始めたようだ。

「どう……っていうと？」

俺は質問の意図を理解しつつも、白々《しらじら》しく聞く。

「左近司先輩や奈央先輩と仲がいいのは見ていてわかるんですけど、上條先輩を見る下野先輩の目は、また違うように感じたので。……もしかして、お付き合いしてるとか？」

「まさか！　付き合ってないよ」

「本当ですか⁉　よかった……」

小栗ちゃんがニコりと笑う。

俺ってやっぱり周りから見るとわかりやすいのかな？

でも課長を好きな事実は変わらない。それならいっそ、ここで小栗ちゃんにそのことを打ち明ければ、彼女も俺のことを諦めてくれるのではないか。

女子の意見を聞きたいというていで、恋愛相談として話せば流れも自然だ。

よし、その手で行くぞ。

一度、窓の外を見る。そろそろ周回も終了が近い。降り口に着く前に話そう。

俺は意を決して、小栗ちゃんを見た。

つぶらで綺麗な瞳がこちらに向けられていた。

今にも泣きそうで、なのに力強くて、純粋な瞳。

そして彼女は言った。

「この前、オフ会で言ったこと、私、本気ですから」

その小さな肩はわずかに震えている。

俺は小栗ちゃんから視線を外すことができなかった。

ゴンドラが降り口に着く。

係員がドアに手をかける寸前に小栗ちゃんが最後にもう一言、加えた。

「下野先輩も真剣に考えてもらえると嬉しいです」

そして顔を真っ赤にしながら、先にゴンドラを降りていく。

俺は放心しながらその背中に続きゴンドラを降りた。

やばい、今のは少し――揺らいだ。

◆

観覧車を降りたあと、全員と合流し、しばらくしてから、俺たちは屋外のソフトクリーム店で一息ついていた。

一つのテーブルに座りながら、みんなで薄暗くなり始めた空を見上げる。

「あ、始まった」

パークの人気イベントである夜の花火が上がったのを見て奈央が言った。

園内のメイン通路では花火と共にパレードが始まる。

「ちょっとなにあの着ぐるみ。めちゃキモじゃない？」

琵琶子先輩がソフトクリームをペロペロ舐《な》めながら、パレードの中心にいるマスコットキャラクターを指さして笑う。

「ヤマデくんよ。かわいいじゃない」

「えー、透花センスわるー」

「なんでよ！　かわいいじゃない！」

琵琶子先輩の隣で課長が細い目をする。ちなみに彼女はわさびソフトを食べている。ご当地ソフトらしいけど、この人は本当に薬味系が好きだな。

二人がどうでもいい言い争いをしているのとは対照的に、奈央は隣に座っている唯人さんの肩をバンバンと叩《たた》いて、楽しそうにハシャいでいる。

「唯人くん見て、ヤマデくん今コケそうになってたよー、あはははー！」

どれだけ歳《とし》が離れていても奈央の距離の詰め方は変わらないらしい。天性の才能である。

一足先にソフトクリームをたいらげた俺は、コーンの包みを捨てるため、一人、席を立ち、売店の横に置かれているゴミ箱のほうへ向かった。

ポイと包みを投げ入れると、ドンと特大の花火の音が、空から聞こえてくる。

俺は夏休みのことを思い出しながら、一人でその花火を見上げた。

「みんなで見る花火も楽しいね」

先ほどまで席に座っていたはずの課長がいつの間にか、俺のもとへやってきて、ニコっと柔らかい笑顔を向ける。

「あれ課長、ソフトクリームは？」

「もう食べちゃった」

そう言って、残った包みを俺に見せ、そのままゴミ箱に入れる。

俺が席を立つ前は、まだ半分くらいしか食べてなかった気がするが……、よほど美味しくて口に運ぶ手が止まらなかったのだろうか。

「今日は久しぶりにはしゃぎましたね」

「そうね。なかなか仕事してると遊園地なんて行く機会も減るしね」

「温泉行く機会は増えますよね」

「ふふ、もう、おじさんみたいなこと言わないでよ。まだ二十代でしょうが。しかもさらに十年近く若返ってるし」

「あの……さっきはすみませんでした。課長一人だけ置いていってしまって」

「そんなことで気使うことないわよ。お土産買ったあとにすぐ琵琶子たちと合流したし」

「でも絶叫マシン無理じゃないんですか？」

「だから別に無理じゃないわよ！　まあ、結果的に、あくまで結果的にのらなかったけど。

なんか琵琶子も奈央ちゃんも日本一怖いって有名な絶叫マシンのってから、もう絶叫系は嫌になったんだって。お兄ちゃんは平気そうだったけど」

　琵琶子先輩も奈央も、あんな楽しみにしていたのに、そこまで怖かったのか。逆にのらなかった俺と小栗ちゃんは助かったのかもしれない。

「それならよかったです」

「そっちは？　観覧車楽しかった？」

「ええ、まあ、観覧車なんてあまりのる機会ないですから」

「ふーん」

　課長が俺に背中を向けて言う。

「なんか怒ってます？」

「べっつにー」

「相手は中学生なんだし、変なことしてませんよ」

「あたりまえでしょ！」

　こちらへ向き直り、俺を睨む課長。

　ほっぺたがふくらんでいる。

　もしかして、嫉妬してます？

　なんて聞けるなら、どんなに楽だろうか。

　年下の小栗ちゃんはあんなに積極的に頑張っていたのというのに、俺はといえば。

どちらにも中途半端《ちゅうとはんぱ》な態度だけ取って、結局、俺はなにをしたいのだろうか。
「ちょっと冷えてきましたね、上着、椅子《いす》にかけたままだ。そろそろ戻りましょう」
俺は秋の夜風を言い訳にして、まるでその場から逃げるように歩き出した。
課長も俺に合わせて歩き出す。
二人でみんなのところに戻るため歩いていると、なんだか新人の頃を思い出した。
配属されてから半年くらいは、よく課長の外回りに同行していたな。
そのときも、こうやって並んで歩いていた。
あのときと、俺たちの関係は変わったのだろうか。
「私も観覧車、のりたかったな……」
ふと、隣を歩く課長が小さく言った。
空を見上げる。
さっきまで綺麗に輝《かがや》いていた花火が、ほのかに雲で覆《おお》われていた。

◆

やっぱり俺は課長の顔を見られなかった。

眠れない。

遊園地から帰ってきてベッドに入ったのは深夜一時前のこと。

疲労で体は休息を求めているはずなのに。

俺の脳はモヤモヤとしたまま、いつまで経《た》ってもスリープ状態に移行しない。

小栗ちゃんの顔と、課長の顔がグルグルと、つむった瞼《まぶた》の裏に映し出される。

「ああ、ダメだ」

俺は一度体を起こし、机の上に転がっているポータブルのデジタルオーディオプレーヤーを手に取った。

こういうときは深夜ラジオを聞くに限る。

イヤホンを耳に付けて再びベッドに潜る。

ちょうど好きなお笑いコンビがやっているラジオの始まる時間だ。

チャンネルを合わせて、しばらく局のCMを流し聞きする。

そして時計の針が一時を指すと、ラジオ番組が始まった。

◇

『こんばんは、ポテト&ライスの稲葉《いなば》です』

『こんばんは、ポテト&ライスの坂部《さかべ》です』

『さあ、今週も始まりましたポテト&ライスのサタデーターンナイト。毎週様々なトークテーマでメール募集しております。今週のテーマは○○の秋。ということで、皆さんが思う○○の秋に沿ったお話を送ってください。つまんねーテーマだな、定番すぎるんだよ』

『おいおい、のっけからパーソナリティがテーマに文句付けるなよ』

『だいたい○○の秋に沿った話って、それ普通の日常トークじゃねーか』

『うん、まあ、そうかもだけど』

『うちの放送作家はすぐ仕事サボるから』

『放送作家のダメ出しはやめてやれよ！　ええ、すみませんみなさん、今日も稲葉は絶好調みたいで』

『絶好調ってなんだよ。おまえが俺の好調具合を勝手に決めんなよ』

『いいんだよそこは掘り下げないで！　さあ、メール来てます。ええ、ラジオネーム伯方《はかた》のミソ。稲葉さん、坂部さんこんばんは。僕は恋愛の秋をテーマにお二人に相談があります。僕は今大学二年生なんですが、最近サークルで知り合った先輩に告白され彼女ができました。見た目は地味だけど優しい人だったので付き合ったのですが、付き合った初日に電話の頻度《ひんど》はどれくらいがいいかなと僕が聞くと、彼女はできれば毎日がいいと言ってきました。だけど僕的に毎日はしんどいので週二くらいで電話してます。正直、毎日電話したいって言った彼女とは合わないのかなと思っています。また、同じサークルに前から気になっていた後輩がいて、どうしてもその子に目が行ってしまいます。やはり、追われる恋より追う恋のほうがいいのでしょうか？　お二人のご意見お聞かせください……っていう相談ですね』

『こいつ嫌いだわー』

『そういうこと言うんじゃないよ！』

『いるよねーこういうやつ。毎日電話はキツいって、聞かれたからその子は答えただけなのにな。しかも向こうの要望無視して週二ってことは彼女がおまえに合わせてんだろ？　それで『合わない』ってなんだよ？　もし彼女が毎日電話してきて、毎日じゃないとヤダって怒るなら、そこで初めておまえに『合わない』って思う権利があるんだよ。価値観の開示と押し付けゴッチャにしてんじゃねーよ』

『うわ……始まっちゃったよ』

『だいたい、地味だけど優しいってなんだよ。なんで地味が悪いみたいな言い方なんだよ』

『稲葉さんは地味な女子が好きなんですね多分』

『それに』

『まだ続いてた⁉　長いのよ説教が！』

『追う恋のほうがいい？　別におまえが誰かを追いかけること自体は否定しないけどな、追われる恋には誠実であれよ。追う側の気持ちわかるなら、彼女がどれだけ勇気出して告白したかわかんだろーがよ。気になってる相手にアタックもできねーやつが追われる恋を下に見てんじゃねーよ。まずはしっかりと彼女と向き合え！　以上！』

『はい、終わりましたね。いつもの稲葉さんでしたね。まあ、最後のほうは僕も稲葉さんに賛成ですけど』

『あ？　おまえになにがわかんだよ？』

『俺に矛先《ほこさき》向けてきた⁉　もう、いいから次のメール行くよ。ええ、ラジオネーム……』

◇

十一年前でも変わらない、毎度お馴染《なじ》みの毒舌トークだ。

いつもはこれを聞いてゲラゲラと腹を抱えるのだが……なんだか、今夜は笑えなかった。

俺はイヤホンを外して真っ黒な天井《てんじょう》を見つめた。

まるで自分が説教されているかのようだった。

追われる恋を下に見る。

そんなつもりは一切《いっさい》ない。

なかったが、俺は無意識にこのメールの差出人と同じことをしていたのかもしれない。

今日まで、ずっと小栗ちゃんから告白されることを避けようとしていた。

彼女を傷付ける。そんな言い訳をして。

彼女がどんな思いで、どれだけ勇気を出して、俺にアタックしているのか、理解しようともしなかった。

十一年前、大勢の人たちから見られる中、告白してくれたとき。

わざわざ高校まで来てデートに誘おうとしてくれたとき。

遊園地で課長を前に、二人きりで観覧車にのりたいと言ってくれたとき。

彼女はどれだけ勇気を出していたのだろうか。

俺は、追われる恋から逃げていたのだ。

それは小栗ちゃんの本気に失礼だ。

俺は課長が好きだ。

追う恋をしている。

だからこそ、追う恋と追われる恋を対等に見て、しっかり向き合うべきである。


もう一度、右色小栗と向き合ってみよう。

そして、上條透花とも向き合ってみよう。

逃げないで、ちゃんと答えを出そう。

ちょうど、俺の携帯にメールが入った。

『今度の甘草南高校の文化祭、行かせてもらいますね、下野先輩』

俺はそのメールに、しっかりと返事をした。

それにしても、会ったこともない人たちから、電波を通して、こんなことを教えてもらえるなんて。

深夜ラジオには人生の教訓が詰まっているものである。

→ 上條透花さんの日記　　非公開

← 以前の日記

上條透花の鍵アカmixi日記　【社会人2年目】

5月5日　火曜日

今日は下野くんの誕生日、当日

えへへ

メール送っちゃった(*'ω'*)

十二時に送って返信ないから終わったと思ってふて寝したけど

朝起きたらメール来てた°･☆ ヽ(⁰▽⁰)ノ ☆･°ｷﾗｷﾗ

『ありがとうございます、嬉しいです』だって

えへへ

保存しとこ(*^^*)

第5章 秋のレプリカ空間と若人たちの文化祭

Why is my strict boss melted by me?

十月初旬。

文化祭を明日に控えた甘草南《あまくさみなみ》高校の校舎内は、放課後に残って最終準備をする生徒たちで溢《あふ》れていた。

一年七組も全員が教室に残っているが、事前の準備はほぼ終わっている。

俺《おれ》と奈央《なお》も、任せられていた入り口の看板はすでに完成させており、使わなかった木片などを台車にのせ、校舎裏のゴミ置き場へと運んでいた。

「あ、ラッキー誰《だれ》もいない」

ゴミ置き場を見て奈央が言う。

準備期間中はゴミを捨てるのにも一苦労で、タイミングが悪いと、ゴミ捨てに来た生徒たちで行列を作っているときがある。しかし、さすがに最終日となると処理するものが出るクラスも少ないのだろう。ゴミ置き場は俺たち以外、誰もいないガラガラ状態だった。

「けっこう多いな」

ゴミ置き場の脇《わき》で山のように積まれている木材を見て俺は言う。この量だと校務員の人が大変そうだ。

俺と奈央は積み上がった木材の上に、台車にのせていた木片を一つ一つ移す。

「七哉《ななや》そういえば遊園地の午後、おぐおぐにデレデレだったんだって？　課長が怒ってたよー」

「デ、デレデレなんかしてないよ」

デレデレはしてなかったはずだ。

「ふーん。おぐおぐかわいいからってあんま浮かれちゃダメだぞー」

「いや話聞いてた？」

すぐ俺を悪者にしたがるんだから、この幼馴染《おさななじ》みは。

すべての木片を移し終え、俺たちは教室へと戻る。

すると、教室の扉を開けたと同時に学級委員長の女子が俺に向かってＡ４サイズの紙を渡してきた。

「はい下野《しもの》、明日のシフトね。キッチン役よろしく」

「え？　入り口の看板作る役やったから、当日は仕事しなくていいんじゃないの？」

「思ったより三組のメイド喫茶《きっさ》のクオリティが高いって聞いてね。負けてらんないから、奈央にも明日メイド役やってもらうことにしたの」

「委員長わたしは別にオッケーだよー！　いつもバイトで同じことやってるし！」

奈央が答えるも、俺は納得いかない。

「客寄せで奈央がメイドをするのはわかる。奈央が密《ひそ》かに学年の男子から評判がいいって噂《うわさ》は耳にするからな」

「にゃははー、照れますなー。やっぱおっぱいのおかげでしょうか。男子はゲンキンなんだなー、まったく。にゃははー」

「でも、それと俺って関係ないよね？」

俺の反論に委員長は目をキリッとさせ、

「なに言ってんの。あんたと同じ条件で今日まで仕事してきた奈央が、当日も働くってのに、自分だけ遊びほうけるってわけ？」

「いや、それは……」

「薄情だと思わないの？」

確かに、奈央は俺と一緒に看板作りもした上で、明日働くってことだもんな。俺だけ遊んでたら感じ悪い……。

「いやいや、働く必要のない奈央に、仕事を無理やりさせようとしてるのはそっち側の都合じゃんか。アブねー、危うく流されるところだった」

「へー、下野は我が七組が、三組ごときに負けてもいいってんだー？　クラス愛ってのがないんだー？」

くそ、その手できたか。どう言い返す……なんて考えてる間に委員長の追撃。

「奈央はクラスのために、みんなのために、快く承諾してくれたのに、下野は嫌なんだー？　ワンフォーオールの精神ないんだー？　ねー！　みんなー！　下野は明日働きたくないんだっ……」

「わかった、わかった！　働きます！　働かせていただきます！」

「はい、よろしくー」

委員長は勝ち誇ったような顔で俺に言うと、鼻歌をうたいながら元の作業に戻っていった。

なんで高校生に戻ってまで休日出勤みたいなことしなきゃならないんだよ、ちくしょう。

「まーまーいいじゃん、七哉。おっぱいメイド間近で見れるなら安いもんでしょ？」

「おっぱいメイドってなんだよ……」

そもそも俺は当日の予定を空《あ》けたくて、わざわざ重労働の看板作りに名のり出たんだ。

十一年前に課長の魔女コスプレを見れなかったのは、おどかし役がすでに交代されていたから。過去の俺は看板作りではなく、普通に当日のキッチン役をやっていた。この二つを考えるに、俺のシフトと課長のシフトが被《かぶ》っていたことが推測される。

十一年前の失敗を繰り返すまいと、計画的に動いていたのに……。くそぅ！

タイムリープしても俺の計画は上手《うま》くいかないらしい。

◆

時刻はもう十九時近く。

一年七組の面々は仕上げの飾り付けを終え、教室で各々《おのおの》おしゃべりをしていた。

みんな文化祭準備という青春の余韻《よいん》に浸《ひた》りたいのか、やることもないのに誰も帰ろうとはしない。

なかなかこんな機会もないもんな。

ワイワイとみんなが騒がしくしている中、教室の戸がガラガラと開き、担任の林《はやし》先生が顔を出した。

「下野……と田所《たどころ》。ちょっと来てくれ」

呼ばれた俺は鬼吉《おにきち》と顔を見合わせて、そのまま廊下へ出る。

「ウェイウェーイ、七っちなにか先生怒らせることでもやらかしたのかー?」

鬼吉が俺の肩に手を回し、体を寄せる。

「いや、おまえ自分も呼び出されてるってことわかってる?」

「あははー! 七っちのツッコミは五臓六腑《ごぞうろっぷ》に染《し》み渡《わた》るなー」

そんな俺らを見て、

「おまえたち本当に仲がいいな……」

と、林先生がちょっと引いている。そして続けて、

「ちょっと手伝ってもらいたいことがあるだけだから安心しろ」

そう言って職員室へと俺たちを連れていった。

先生は自分のデスクに着くと、イスの脇に置かれた二つのダンボールを指さした。

「頼みたいのは、これなんだがな……」

「なんですかこれ？」

俺は聞きながら、口の開いたダンボールの中を覗《のぞ》く。

「ああ、これは……」

林先生が言うと同時、なにやら白い物体が俺の目に映る。

「うわっ！　う、腕⁉」

ガラクタに紛《まぎ》れて、肘《ひじ》から指先までしかない人間の腕がダンボールの中に入っていたのだ。

「七っちどうしたんだ声なんて上げちゃって？　お、これは」

鬼吉がダンボールに手を伸ばし、白い腕をヒョイと持ち上げる。

「ひっ！」

「あはは！　七っちビビりすぎだぜー。ほら見てみ」

鬼吉が腕を俺の前へ運んで言った。

よく見ると、作り物の腕だ。

「な、なんだ偽物《にせもの》か……」

　俺の様子を見て林先生は笑いながら説明してくれる。

「去年の担任だったクラスがお化け屋敷の出し物やってな。そんときに使った小道具なんだが、お化け屋敷なんて毎年どこかしらやるだろうと思って取っておいたんだよ。案《あん》の定《じょう》、今年も二年二組がお化け屋敷やるってことで、貸してほしいって頼まれてたんだが、渡しそびれていて……すまんが、おまえらで持っていってやってくれないか」

「そうだったんですか。でも、直接二年二組の生徒呼んで取りに来てもらえばいいじゃないですか」

「いや、まあ、そうなんだが……二年二組って上條《かみじょう》のクラスだろう？」

　ああ、そっか。二年二組って課長のクラスだ。

「それがなにか問題なんですか？」

「ほら、一学期のとき上條だいぶ怒ってたから……俺、嫌われてると思うんだよな。おまえら上條と仲いいだろ？」

　要は課長が怖いと。

　教師がなに生徒にビビってるんだよと言いたいところでもあるが、立場上どうしても共感できてしまう。しかたない、引き受けるか。

「わかりました」

「ヘイヘーイ、困ったときはお互い様だぜ先生！」

「おお、すまんな下野、田所！　助かるよ」

「一つ貸しですよ、先生」

「あはは、今度ジュースでもおごってやる」

小遣《こづか》いの少ない高校生にとってジュースのおごりは地味に嬉《うれ》しい。

俺は鬼吉とダンボールを一つずつ抱え、職員室を出た。

二年二組に向かって廊下を歩く。

夜の校舎にたくさんの生徒が残っている光景はなんだか懐《なつ》かしい青春の香りを感じる。たくさんの社員が夜のオフィスに残っている光景とは雲泥《うんでい》の差だ。

「そういや七っち、透花《とうか》と遊園地デートどうだったんだ？」

二年生の教室がある二階へ着いたところでふいに鬼吉が俺に聞いた。

「ん？　ああ、まあ、課長以外にもたくさんいたからデートでもなんでもないけど」

「おいおい、その言い草だと、まさかアタックしなかったのか？　スーパーチャンスだってのに」

「え？　やっぱ、そういうときは強引《ごういん》にでもアタックするもんなの？」

「ヤンボー、マーボー、あたのボーよ！　それが本気の恋ってもんだろ？」

本気の恋か……。

強引にでも二人きりになろうと俺を誘った小栗《おぐり》ちゃんは、それくらい本気だってこと。

「そうだよな……」

じゃあ、俺は。

俺はどうなんだ、下野七哉。

そんなスーパーチャンスとやらを逃して、そのままでいいのか？

「まだ、間に合うかな……鬼吉」

「ああ、恋に遅いも早いもない。やるか、やらないかだぜ、七っち」

「……鬼吉、ちょっと頼まれてくれないか？」

二年二組の教室の前で止まり、俺は鬼吉に言った。

「ジュースおごりだぜ？」

「ああ、もちろん！」

ダンボールを足元に置き、鬼吉に頼み事をしてから俺はある場所へ向かった。

やり残したことは、タイムリープしなくてもリトライできるのだ――。

◆

あれから一時間くらい経《た》っただろうか。

誰もいない暗い屋上で、俺は一人汗を拭《ぬぐ》っていた。

「まあ、こんなもんかな」

屋上から見える校庭には校舎の光が反射し、騒がしい声も響いていた。生徒はまだ大多数が残っているようだ。

社会人になってから一時期、少しだけＤＩＹにハマっていたことがある。

キッカケは棚を作ろうと思ったこと。

ラノベ、コミック、大判コミック、雑誌、ブルーレイと、すべてが綺麗《きれい》に収まる棚がほしいなと思い、ネットでいろいろ調べたのだが、なかなかいいものが見つからなかった。だったら自分で作ってみるか……と始めたのがＤＩＹ。

意外と楽しかったので、小さな棚や実家に置くテラス用のイスなどをちょいちょい作っていて、そのときの経験が今回の看板作りにも大いに役立った。

そして、まさかこんな形で、再び俺の小さな趣味が活《い》かされることになるとは。

あとは……彼女が来るのを待つだけ。

それまで俺は屋上の柵に寄りかかって街の灯りを見つめた。

高い所から見る夜景はどうしてこうも綺麗に見えるのだろう。

デートスポットに夜景の見えるレストランが人気なのもうなずける。

なんて言いながら、俺はそんな大人のデートしたことないけど。

スマートさってのがないからな俺には。

まあ、でも人間向き不向きってのがあるんだ。

ガチャッ――。

背後からドアノブを回す音がした。

俺は振り返る。

「お疲れ様です、課長」

「学校でお疲れ様ですって言うな」

「すみません」

頭をかきながら俺は課長の元へと向かう。

「鬼吉くんに言われて来たけど、どうしたの急に。なにか相談事？」

課長は不思議そうに俺を見た。

「えっとですね……」

「もしかして、進路相談？　サラリーマン以外の夢を見つけたからジーオータム商事に就職しない未来を描いてるとか⁉　それとも実は借金してて、もう首がまわらないから助けてほしいとか⁉」

「お、落ち着いてください課長！　十六歳がどうやって借金なんかするんですか。それに残念ながら今のところは夢ってのも見つかってない十一年前と変わらぬ下野七哉です」

「だって……こんな屋上に呼び出されたと思ったら、深刻そうな顔してるし」

「え、俺そんな顔してます？」

「うん」

深刻……ではないんだけど、緊張してるのが表に出てしまってるのかな。

「大丈夫ですよ、別に暗い話題なんてありませんから。心配してくれて、課長は優しいですね」

「は、はぁ？　バカじゃないの？　部下のメンタルチェックするのは管理職として当然なんですけど？　これも業務の一環なんですけど？」

「あはは、さすがです。ちょっと課長に見せたいものがあって、こっちです」

俺は手招きをして塔屋《とうや》の裏側に課長を連れていった。

そして先ほどまで作っていた、ある物を見せる。

「うわっ大きい、なにこれ⁉」

課長が暗闇《くらやみ》の中、目を細めてじっくりとその物体を見る。そして、小さな声で続ける。

「もしかして……ゴンドラ？」

「はい。観覧車、のりたかったって言ってたでしょう？」

「え……？　これ七哉くんが作ったの⁉」

「まあ、ゴミ置き場に捨てられてた木材から即席で作ったので、レプリカと呼ぶにも程遠いハリボテですけど」

「すごい！　こんな才能あったのね！　びっくり！」

といっても、本当にただ木材で簡素な骨組みを作って、外壁にはベニヤ板を貼《は》り付けただけだ。

うす暗い夜だから、実際より見栄えよく映るのだろう。あれだ、清書する前のラフ画のほうが上手に見えるあの現象だ。ちょっと違うか？

ともあれ、喜んでもらえたようでよかった。

「座席部分にはダンボールで作った強度のあるイスを中に組み込んでるので、ちゃんと座れるようになってます。もしよかったら、一緒にどうですか？」

「うん、じゃあ七哉くん特製の観覧車、のらせてもらおうかしら」

俺は骨組みの中へと先に入り、課長の座るほうのイスにハンカチを敷いた。

「どうぞ」

「ありがとう。なんか照れるわね」

「確かに、ちょっと照れますね」

課長が俺の前に座る。

もちろんベニヤ板は正面にしか貼ってないので、風はつつぬけ、ほとんど屋外と変わらないが、まあ、なかなか雰囲気は出ている。

しかし、向かいあう席が少し近すぎたかもしれない。設計図もなく感覚で作っていたから、しかたないか。

「どれくらい時間かかったの？」

「一時間くらいですかね。一本一本、柱の長さとかは気にしないで、とにかくパズルみたいに組み立てただけだから、さほど時間はかかってません」

「ああ、準備があるってこのことだったのか。器用なのね、意外」

「意外は一言余計ですよ、課長」

「えへへ」

舌を出しながら課長は横を向いた。

「そういえば課長のクラスお化け屋敷やるんですよね」

「うん、私もおどかし役で出るよ」

魔女役のことだ。

しかし、課長が魔女で出てきて恐怖を感じる人なんているのだろうか。

萌《も》えしかない。

「じゃあ、行こうかなー。課長何時くらいにおどかし役やるんですか？」

白々《しらじら》しくも俺は聞く。ワンチャン、シフトの時間ずれていないかな。

「えー、来るの？　恥ずかしいよー」

「恥ずかしがるような性格でもないでしょうに」

「は？　なにか言った？」

「いえ、なにも」

その顔のほうがよっぽど魔女みたいだよ。

「私はお昼すぎから十五時までの間よ」

ああ、やっぱりシフト時間被ってる。むしろ俺のほうが三十分ほど勤務時間は長い。もう完全に終わった。

「課長の魔女見たかったのに」

「え⁉」

「あ、なんでもありません！」

「私が魔女やることなんで知ってるのよ」

やっぱー。十一年前から知ってたなんて言ったらストーカーみたいでキモすぎる。ここは誤魔化《ごまか》そう。

「か、風の噂で聞きまして」

「……ふーん」

めちゃくちゃ怪しまれてる気がするが、俺がいつ情報を得たかなんて確かめようがないだろう。

「どっちにしろ俺もその時間うちのクラスで働いてるので、見に行けないです」

「あっそ」

またプイとそっぽを向く課長。いちいちかわいいな。

「まあ、お化け屋敷はコリゴリですしね」

「遊園地でけっこう怖がってたもんね七哉くん」

「課長が怖がらなすぎなんですよ」

「こ、怖かったわよー」

無理無理。今さらそれは無理だよ上條さん。

「それにしても、屋上だと街の夜景も見えるから、本当に観覧車にのってる気分ね」

「課長もやっぱり、男性から誘われるなら、夜景が見渡せる高層階のレストランとかがいいですか」

「うーん、実際に取引先の人から誘われて行ったことあるけど……」

「え⁉」

うわ、聞きたくない情報！　墓穴《ぼけつ》掘った！

「でも、あんまり楽しくはなかったかな。相手先に気を使わないといけなくて、夜景なんて見てる余裕なかったし、高級フレンチなんて普段食べないもの口にしても、いまいち味もわからないわよ。事務の課長と行くラーメンのほうが何倍も美味《おい》しい」

「で、ですよね！　そうそう！　なんだかんだ仕事終わりのラーメンが一番うまい！」

ほっ……。よかった、課長はあくまで仕事の延長として食事に行っただけのようだ。そうだ、そうに違いない。

「それに、夜景を見るのなら、今のほうがよっぽど楽しい……かな」

課長が視線を落として言った。

その先にある彼女の膝《ひざ》が、狭いレプリカのゴンドラの中で俺の膝とぶつかり合う。

二人の距離を遮《さえぎ》っているのは、黒のタイツと、グレーのズボン。この二枚の布だけだ。

「そう言ってもらえると、嬉しいです。作ったかいがあります」

「……私が観覧車にのりたかったって言ったのを、気にしててくれたの？」

「いや……はい、まあ」

「ありがとう」

「ど、どういたしまして」

屋上には灯りがないので、課長の顔はハッキリと見えない。

けれど、うつむきながらもこちらに向けられている瞳《ひとみ》だけは、綺麗に輝《かがや》いている。

「あの、七哉くん。どうして私が観覧車にのりたかったなんて言ったかわかる？」

「え……それは……」

それは。

小栗ちゃんと俺が二人きりで観覧車にのったことを、嫉妬《しっと》してくれたから。

俺のことが気になってくれているから。

そんな答えが返ってくることを、期待してしまう俺がいる。

「あ、ごめんごめん。変な質問しちゃったね。なんか意地悪な上司の聞き方みたいで嫌だよね、あ、あはは」

横髪を耳にかけ、焦《あせ》りながら言う課長。

「私、子供の頃《ころ》から観覧車にのるのすごい好きだったの。この前はタイミングなくてのれなかったのを愚痴《ぐち》っぽく言っちゃったけど、七哉くんは優しいから私のためにサプライズしてくれたんだね。このこのー、上司思いの部下だなー、まったく」


「違いますよ」


「え？」

「俺が、課長と観覧車にのりたいと思ったから作ったんです。遊園地じゃのれなかったから、後悔をやり直したくて」

「……な、なんで私なんかと、観覧車にのりたかったの？」

「それは、俺が課長のこと――」

ブーッブーッ。

俺の太ももで携帯が激しくバイブした。

その音に心臓が飛び出るくらいビビり散らした俺は、焦りながらすぐに着信を取る。

『あ、七哉ー？　どこにいんのー？　なんか林先生がみんなにジュース買ってきてくれたから、早く教室戻ってきなよー！』

奈央からだ。

「ああ、わかった、わかった。もう戻るよ」

『あいよー、あと先生が、ジュース飲んだらもう解散しろだって』

「了解。ありがとう」

俺が電話を切ると、すぐにメールが飛んでくる。鬼吉からだ。

『七っちメンゴ！　透花とイイ感じのところだったと思うけど、奈央止められなかったわ！』

別に鬼吉が謝ることじゃないのに。てか、林先生、俺たちだけじゃなくて結局クラス全員分のジュースおごっちゃうのかよ。まあ、俺は途中で鬼吉に仕事押し付けちゃったから、どっちみちおごってもらう権利ないんだけど。

「教室戻る？」

「あ、はい！　すみません課長！」

「ううん、私もそろそろ自分のクラス戻らなくちゃ怒られちゃうかも」

「ですよね。このゴンドラは明日の朝にでも片付けておくので、そのまま行きましょう」

そう言って立ち上がった俺の右手を、細くて綺麗な課長の手がパッとつかんだ。

「ま、待って」

「はい……」

「せっかくだから写真撮ろ。明日片付けちゃうなら、なおさらもったいないし」

「わかりました。俺も自分の携帯で撮ろうかな」

「うん、そうしよ！」

俺は再び腰を下ろし、折りたたんだばかりの携帯電話をパカっと開く。

「課長はスマホだから綺麗に撮れますね。やっぱり、そっちで撮ったの、あとで送ってくれません？」

「いいわよ。七哉くんも早く機種変更すればいいのに」

「俺アンドロイド派なんでもうちょい進化するの待ちます。この時代のアンドロイド動き重いんですよね」

「ああ、なるほどね。じゃあ、撮るよ。ほら、もっとこっち寄って」

「はい」

俺と課長はお互いの体を寄せあった。

ほほを課長の細い髪がかすめる。

「いくよ、はいチーズ」

カシャリ。

秋の夜。

二人きりの屋上でシャッター音が静かに響いた。

「あはは、課長なんか、はいチーズって古くないですか？」

「はあ？　じゃあなんて言うのよ！」

「うーん……ばえー、とか」

「なんか若者にすり寄るおじさんみたいで嫌だ。てか若い子もそんな撮り方しないでしょ」

「冷たい！　そもそも俺たちタイムリープする前も二十代なんですから十分若者ですよ！」

「えー、そうかしら？」

「そうですよ！」

なんて、いつもみたいな上司と部下の漫才が始まる。

なんだかんだ、俺はこんな時間がすごい好きだ。

「あのね、七哉くん。実は渡したいものがあるんだけど」

ふいに課長が言う。

「渡したいもの？」

課長は暗がりの中、スカートのポケットに手を入れる。

「……これ」

そして小さなキーホルダーを取り出した。

「あ、ヤマデくん……」

「お土産《みやげ》ショップで右色《うしき》さんと七哉くんがいなくなったあと、念のためにと思って買っておいたの。もらってくれる？」

「課長……実は、俺も」

俺はブレザーの内ポケットにずっと入れていたヤマデくんのキーホルダーを取り出す。

「え⁉　七哉くん、これ」

「はい……俺も観覧車のり終わったあと、小栗ちゃんにどうしても買いたいものがあるって伝えてお土産ショップ戻ったんです。ずっと渡しづらくて、結局今日まで持ってました」

「あは……あはは、もーなにそれー。本当、気ぃ使いなんだから」

「課長こそ。あはは」

俺たちはお互いのキーホルダーを交換する。

「てか、一緒のポーズの選んでるじゃない」

「本当だ！」

奇《く》しくも俺と課長が選んだヤマデくんは同じお辞儀をしたポーズ。会社員らしい選択だ。

「あー、面白《おもしろ》い。じゃあ、そろそろ、行きましょうか」

課長がゴンドラから降りる。

そして、両手をうしろに組んで、ぴょんと跳ねながらこちらを振り向いた。

「七哉くん、ありがとう」


月夜に照らされた彼女の笑顔は、空に輝くどんな星よりも、美しかった。

俺はその笑顔を見て覚悟を決めた。

明日の文化祭、自分の気持ちに区切りを付けよう。

小栗ちゃんと向き合い、課長と向き合い。

そして自分自身と向き合う。

そこで生まれた答えを、素直にその相手へ伝えよう。

そう、決めた。

明日は――下野七哉、決意の文化祭だ。

◆

翌朝、土曜。

いつもより早めに起きて、学校へ行くためスニーカーを履《は》いていると、二階から下りてきた寝間着姿の小冬《こふゆ》が玄関に顔を出してきた。もちろん、小冬の中学校は休みだ。

「お兄ちゃん、おはよう」

「おはよう小冬」

「今日お昼ごろにお兄ちゃんの文化祭行くから。師匠と一緒に」

師匠って誰だ。知らん。共通の知人じゃない人の通称名を、さも知っていて当然かのような言いぶりで会話に使うな。今後のコミュニケーションで苦労するぞ。

なんて説教をして妹に嫌われるのは嫌なので、俺は、

「おう、あんま買い食いしないようにな」

と、優しく返して家を出る。

妹思いの兄だぜ。

学校に着くと生徒の数はまだ多くなかった。

今のうちに屋上のゴンドラを片付けようと俺は急いで上履きに履き替える。

荷物だけ置いていくか……。そう思い、先に教室へ向かう。

すると数人の女子がすでに登校していて、入り口の前でなにやら騒いでいた。

その中にいた奈央が俺を見て声を上げる。

「あっ、七哉来た！」

「おはよう、どうした？」

奈央の代わりに他《ほか》の女子が答える。

「下野ごめん、衣装ケース教室に入れるとき、ぶつけちゃって……」

そう言って、目で俺の視線を誘導する。

俺がそちらを見ると、入り口の看板が一部、自動車を擦《こす》ったときのようにバキッと割れてしまっていた。

「ごめん！」

女子が深く頭を下げるのを見て、俺は焦りながら、

「いやいや、そんな深刻にならなくて大丈夫だって、こんなのすぐ直せるから」

「本当⁉」

「うん、簡単に補修できるよ。奈央、道具箱どこだっけ？」

「あー、持ってくる！」

奈央が教室の中に入る。

女子はあいかわらず気まずそうにしているが、別に彼女を気遣《きづか》って余裕ぶっているわけでもなく、本当にこれくらいの補修なら十分か二十分あれば終わる。

まあ、そうなると屋上に行く時間がなくなるが……文化祭中にあんなところ行く生徒もい

ないだろう。開会式が終わって昼休みにでも入ったら改めて片付けに行けばいい。

しばらくして奈央が持ってきた道具箱を受け取り、俺は看板の修復作業に取り掛かった。

なんか今回の文化祭、ずっと大工みたいなことしてるな。

そんなことを思いながら、この先に起こる未来を予見できていなかった俺は、のんきに開会式を待つのであった。

◆

開会式が終わり、各クラスや部活動の出し物で賑《にぎ》わいを見せる、甘草南高校。

人混みをかき分け、俺は屋上に続く階段を上っていた。

階が上がるたびにだんだん違和感を覚える。

なんか、人多いな。

校舎の上の階には図書室や視聴覚室などの特殊な教室しかない。そこを使って出し物をしている部活動などもあるが、文化祭のメインは一階から三階にかけての各クラスが主催している出し物だ。

普通なら階段を上がれば上がるほど人足《ひとあし》は減っていくはずだけれど。

むしろ増えてないか？

とにかくそのまま階段を駆け上がり、屋上のドアを開くと……。

「げっ、なんだこれ」

屋上にうじゃうじゃと人が集まっていた。

甘高の生徒はもちろん、一般の来客もたくさんいる。心なしか男女のペアが多い気がする。

その人混みからこんな会話が聞こえてきた。

「あそこの観覧車にのって写真を撮ったカップルは結婚できるんだって」

「なにそれー、面白そう！　私たちも撮ろうよ」

は⁉

すぐに塔屋をぐるりと回り、裏側を見る。

昨日作ったハリボテのゴンドラに、長蛇《ちょうだ》の列《れつ》ができていた。

カップルはもちろん、女子同士のペアも並んでいる。

この時代にインスタグラムはまだないけれど、いわゆるインスタ映えスポットみたいになっているではないか。

しかも、もともとあった恋愛成就《じょうじゅ》の噂がこちらへ丸ごと移設されている。

これじゃあ、片付けるにも片付けられない……。

ん？　いや、別に片付ける必要もないのか。

一種の出し物みたいになっていて、人気を博しているのに、わざわざ解体することもない。

この騒ぎなら、文化祭実行委員も一度は見にきているはずだし、その上で放置されているのなら、黙認されているということ。

さすがに、文化祭が終わったらちゃんと責任もって片付けるつもりだが、今すぐじゃなくてもいいだろう。

しかし、観覧車にのって写真を撮ったら……か。

じゃあ、昨日のも……。

「あ、お兄ちゃん。なに一人でニヤニヤしてるの」

「うお！　なんだ、誰だ、小冬か！」

私服姿の小冬が気付くと俺の前に立っていた。そういえば、昼頃《ひるごろ》に来るって言ってたな。

でも、なんでこんなところに。観覧車にのって一緒に写真を撮るような相手なんていないだろう。いないよね？

「小冬もあの観覧車にのりに来たんだ」

「だ、だ、誰と！　お兄ちゃん、そんな相手がいるなんて聞いてないぞ！」

いるの!?

「師匠だよ」

また出たよ！　師匠おまえ、小冬の彼氏だったのか！　てか、だから師匠って誰だよ！

「ねー、師匠！」

小冬が言いながら、陰に隠れていた人物と腕を組む。

「ちょ、ちょっと小冬ちゃん、師匠はやめてって何度も言ってるでしょ」

ん……？

「小栗ちゃん⁉」

小冬の隣に同じくらいの背丈《せたけ》で並ぶ、あどけない少女が一人。紺色《こんいろ》のワンピースに白のハンチング帽がよく似合っている。

右色小栗だ。

「こ、こんにちは下野先輩」

「なんで小栗ちゃんがここに⁉」

「あれ、私、文化祭行きますねってメールしたじゃないですか。ちゃんとお返事も受け取ってますよ」

そうだけど。

そうだけど、小栗ちゃんが来るのは十七時の告白前。夕方になってからだ。こんな早くにいるなんて、俺の記憶にはなかった。それに、

「小栗ちゃん、小冬と友達なの？」

「と、友達というか」

そこに小冬が割り込んできた。

「師匠は友達じゃなくて小冬の師匠だよ！」

師匠って小栗ちゃんのことかよ！

「ふふふー、今から師匠と観覧車のるんだー。それでねー、一緒に写真撮るのー」

あらゆる人々にSっ気全開の攻撃的な態度を取ってきた、あの小冬が、蕩《とろ》けそうな顔で猫なで声を出しながら小栗ちゃんにもたれかかっている。めちゃくちゃ甘えてる。まあ、本来の歴史上ではこれが小冬の素ではあるんだが。こんな小冬見るのが十一年ぶりで、いささか動揺している。

「小冬ちゃん、あれカップルとかがのるんだってよ」

「小冬と師匠はカップルみたいなもんでしょ！」

「ええ……」

小栗ちゃんがめちゃくちゃ困ってる。

「小冬は師匠と観覧車で写真を撮って結婚するんだもんねー」

そんでめちゃくちゃ小栗ちゃんのこと好きだなうちの妹！

「ほら、師匠行こう！　じゃあ、あとでお兄ちゃんのクラスも行くからね！　他のメス豚と仲良くしてたら許さないからね！」

いつもの小冬だ！

そう言って、小冬はオドオドしている小栗ちゃんの腕を引っ張って、ゴンドラに続く列へと駆けていった。

小栗ちゃんの中学は西中《にしちゅう》だから、小冬とは別の学校のはずだし、学年も違うんだけどな。なんで仲いいんだろう。不思議なコンビだ。

俺はその背中を見送り、やることもなくなったので、そのまま屋上をあとにした。

しかし、小栗ちゃんがもう来ているとなると、俺もそのときに備えて覚悟を決めなければいけないいな。

そんなことを考えながら、一年七組の教室へと向かうのであった。

◆

「おかえりなさいませ、ご主人さまー！」

午後に入り、文化祭は賑わいを増していた。

一年七組の教室も盛り上がりを見せていて、その中心となってるのは、やはりこの女子。

「はいはーい、男子あんまわたしのおっぱいばっか見るなよー。バレてるからなー」

中津川《なかつがわ》奈央である。

「ウェイウェーイ、奈央の人気は凄《すさ》まじいな」

俺と鬼吉はキッチンとして作られた間仕切りカーテンの裏で、注文のケーキを皿に盛り付けながら、コッソリとホールの様子も見る。

「さすが巨乳メイド」

　肩掛けのポシェットであざとくパイスラまで作っている。

「でも、午前中見たら三組のほうも、かなり並んでたぜ」

「ああ、三組は女子だけじゃなくて、イケメン男子が執事もやってるらしいからな。男女共に楽しめるのは強いよな」

　まあ別に、他のクラスに売上《うりあげ》が負けたところで、コンテストをやってるわけでもあるまいし、関係ないんだが。

　そうはいかない人がうちのクラスにいるのだ。

「キーッ！　このままじゃ三組に負けちゃうじゃない！」

　キーッなんて言うやつ本当にいるんだな。初めて見た。

「委員長、なんでそんなに三組に負けたくないの？」

　三組に因縁《いんねん》のライバルでもいるのだろうか？

「そんなの決まってるじゃない！　私はなんでも一番じゃないと気が済まないからよ！」

　負けず嫌いの守備範囲が思ったより広いだけだった！

「トップを狙《ねら》うのは人生で必要なことだぜ！　ヒュイ！」

「そうよね田所！　あんたわかる男じゃない！」

「それほどでもあるぜ！　イェア！」

なんだ、この二人意外と気が合うのか。あとイェアってなに。鬼吉語のレパートリー増えてない？

そんな中、カーテンをめくって奈央が顔を出す。

「七哉ー、小冬ちゃん来たよー。あと、おぐおぐも」

「ん、ああ、でも俺こっちの仕事が」

「いいぜ七っち、俺がやっとくから行ってきな」

「そうか？　ありがとう鬼吉」

言われて俺はホール側に出る。

「あ、お兄ちゃん！　小冬オレンジジュースね！」

小栗ちゃんの手を引っ張り、そさくさと席につく小冬。

「注文はメイドさんが聞きに行くから待ってなさい。おまえメイド喫茶のコンセプトわかってるか？」

「えー、だっておばさんしかいないじゃーん。メイドっておばさんの類義語かなんか？」

教室にいた全メイド（つまりクラスメート）がギョッとして小冬を見た。うう、みんなごめんよ。うちの妹、いや女王様が失礼を働いて。

「こ、小冬ちゃん、おばさんはちょっと……」

「だってそうでしょ師匠？　師匠みたいなピチピチで若い子のほうがメイドさん似合うよー」

そう言いながら小冬は、小栗ちゃんの腕にほほをスリスリする。どんだけ懐いてんだよ。逆にこんな傍若無人《ぼうじゃくぶじん》な女王様を手懐けた小栗ちゃんがすごいな。

「それだぁーーっ!!」

急にキッチンから姿を現した委員長が教室中に響く大声で叫んだ。

どうした、どうした。

「なにかが足りないと思ってたのよ。そう、三組にもない逆転の手札！　ロリよ！」

もう一回言おう。

どうした、どうした。

「そこの中学生たち！　メイドさんやってみない!?」

「はあ!?」

小冬が珍しく大きな声を上げて驚いた表情を見せる。

「そう、やってくれるのね！　ありがとう！　助かったわ！　じゃあ予備のメイド服あるから裏に来て！」

「いや、ちょっと待って！　小冬やるとか言ってないんだけど！」

「あ、あの私も急に困ります！」

もちろん小栗ちゃんも拒否の意思を見せる。

「うんうん！　イヤよイヤよも好きのうちってね、さ、こっちよ！」

すげーなこの人！　有無を言わさねーな！

しかし、周りにいた客も、

「おお……」

と、小さな声を漏《も》らしながら、なんか拍手を始める。

鳴り出した拍手は止まらず、次第に大きくなっていく。

他のメイドたちはおばさんと言われたのがしゃくに障《さわ》ったのか、委員長の暴走を見て見ぬふりしていた。

くぅ、止めるの俺しかいないか。

「ちょっと委員長、さすがに校外の一般人を働かせるのは……」

「この子、下野の妹でしょ？」

「うん、まあそうだけど」

「おっけー！」

「おっけーじゃねーよ！　どこに快諾の要素あったんだよ！」

すると、一部始終を見ていた奈央が俺の肩を叩き、

「まあまあ七哉、これもクラスのためだよ。二人には悪いけど一肌脱いでもらおうよ」

なんて冷静な声で言う。

「奈央まで……って、おまえ個人的に二人のメイド姿見たいだけだろ！」

「え？　そんなことないよ〜」

「よだれ垂《た》れてんだよ！」

「垂れてないよ〜、小冬ちゃんとおぐおぐのメイド姿ジュルリ」

「ジュルリ言った！　全角文字くらいの滑舌《かつぜつ》でハッキリと言った！　あれ、てか二人は？」

奈央にかまってる間に、気付けば委員長の姿も消えている。

「しまった！」

咄嗟《とっさ》に着替え用に作られたスペースのカーテンをめくろうとするが、

「おっと、七哉。まさか女子中学生の着替えを覗こうとでも？　幼馴染みのおっぱいでは飽き足らず？」

「幼馴染みのおっぱいも堪能《たんのう》したことないわ！」

カーテンの奥からはいたいけな少女たちの悲鳴が響く。中学生たちのお着替えはすでに始まってしまったようだ。

「うー、あとで小冬にキレられるの俺なんだよぉ」

俺はもう遅いことを悟《さと》った。

騒然とする教室の中、しばらくして委員長が顔を出す。

「ふふふ、男子ども、あらかじめ鼻にティッシュを詰めておけ。三組は今ここに敗北を喫《きっ》することとなった」

なんか、マジで、なんでこの女子が学級委員長やってんだろ。

「じゃーん！」

委員長がカーテンをめくると同時に、ふてくされてる小冬と、恥ずかしそうにしている小栗ちゃんがメイド服に身を包み、みんなの前に姿を現した。

二人は顔を赤くしてモジモジと下を向く。

ポニーテールに白タイツを穿《は》いた小冬。

ボブカットにニーソックス絶対領域の小栗ちゃん。

「こ、これは確かに……」

俺は不覚にも萌えてしまった。

教室にいた全男子が雄叫《おたけ》びを上げる。

「うおー！　萌えー！」

すごい人気だ。このロリコンどもめ！　気持ちはわかるぞ！

うつむく二人の肩を委員長が優しく叩き、

「ほら、二人ともアレ、言わなきゃね」

もう、あくどい芸能事務所のプロデューサーみたいだよ！

小冬と小栗ちゃんは、恥ずかしそうに顔を見合わせ、小さな口を開く。

「「お、おかえりなさいませ、ご主人様～」」


「うおおおおおおおおお!!」

「生まれてきてよかったあああ!!」

「最高だよおおお！！！」

廊下にまで漏れるんではないかという熱気が充満する。

「ちょっとおばさん、本当に今度ほしかったブランドのシャツ買ってくれるんでしょうね！」

「もちろんよ小冬ちゃん」

めちゃくちゃ買収してた！

「小栗ちゃんも、なんでも好きなもの買ってあげるからね、あなたたちの稼いだ売上で」

悪オブ悪！　まるでジョーカー！　そして文化祭で稼いだ金を私的に使えるわけないだろ！

「わ、私は遠慮しておきます」

そんな中でも小栗ちゃんだけはピュア！

二人のメイド姿を見て満足したのか、奈央も満面の笑みでうなずいている。こっちはこっちで、別タイプのプロデューサーみたいだな。

みんなロリメイドコンビをじっくり見る段階に移ったのか、喧騒《けんそう》が落ち着き始めたなと思ったそのとき、なにやら入り口のほうで、再び男子たちが上げる驚嘆《きょうたん》の声が聞こえた。

「おいおい今日って吉日だっけ？」『脳の処理が追い付かないぜ」

ザワザワとどよめく声に導かれ、俺は視線をその根源に向ける。

一人の女子が教室の戸をくぐり、受付をしている。

「大人、一人……じゃなくて学生、一人です」

言われた受付の男子も口をあんぐりと開けてその来客に見惚《みほ》れていた。

「あっ、カチョー！　いらっしゃーい！」

いち早く反応を見せた奈央が来客へ駆け寄る。

「こんにちは、奈央ちゃん」

「なにその格好！　かわいいー！」

「クラスの出し物で使ってた衣装なんだけど、着替えるの面倒でそのまま来ちゃった」

魔女だ。

この世で最も美しい、魔女がいる！

魔女姿の上條透花が我がメイド喫茶にやってきたのだ！

俺は平静を装《よそお》い、奈央のあとに続いて、課長に声をかけた。

「いらっしゃいませ」

「あら、七哉くん。こんにちは」

「あの課長、その格好は？」

そう聞くと、課長は少し赤くなった顔を俺の耳元に寄せて、

「昨日見たいって言ってたから。……と、特別だからね」


うおおおおお！

神様ありがとう!!

俺はこのときのためにタイムリープしてきたんだ!!

三角帽子に紺色のローブ。

魔女というよりは魔法学校の寮生みたいだが、それがまたいっそう、かわいい。

課長の頭は普通の人より小さいもんだから、三角帽子がブカブカなのもかわいい！

そんな課長が、ふいに教室の中を見てからガッと俺の腕を強くつかんだ。痛い。金縛りのときに出てくる怨霊《おんりょう》みたいな強さ！

「ねえ、あれ、七哉くん、あれ！　こ、小冬ちゃんよね！」

「ああ、はい、ちょっとお店の手伝いしてもらうことになって……。か、課長、痛いです」

「かわいい！　かわいいかわいい！　ねえ、あの子にケーキとジュース買ってあげて！」

キャバクラじゃないのよ。そういうシステムしてないのよ。

「チェキは⁉　チェキは撮れるわよね⁉」

それはちゃんとメイド喫茶のシステムだけど、うちはやってないのよ。

その様子に気付いた小冬がこっちを見る。

「うっさいわね！　あんたいつものおばさんじゃない！　えっと、かちょうとかいうおばさん！」

「七哉くん！　聞いた⁉　今、小冬ちゃんが私のこと課長って！　課長って言った！」

本当、この人いつからこんな小冬にハマったんだよ。夏くらいから片鱗《へんりん》は見えてたけど。

「気持ち悪いおばさんだね！　お兄ちゃんから離れなさいこのメス豚かちょう！」

「はぅあっ！」

反応がいつかうちに来た小冬の友達みたいになってない？

「師匠も言ってあげてよ！」

「小冬ちゃん駄目だよ、年上の人にそんなこと言っちゃ……」

小栗ちゃんは小冬の隣で、あいかわらずオドオドしてる。てか、小栗ちゃんがそんな女王様みたいなこと言うわけないだろ。そもそもそういうジャンルすら知らないよこの子は多分。

「さすが師匠。慈悲深いんだね」

どう解釈したら慈悲深いって言葉につながるんだ。

「あら、右色さんじゃない」

課長はといえば、小栗ちゃんがいることに今ごろ気付いたらしい。

「こんにちは上條先輩」

「こんにちは。ふむ……こちらもなかなか、うんうん」

「あ、あんまり見ないでください上條先輩。恥ずかしいです」

スカートのすそを押さえながらうつむく小栗ちゃんを見て、課長はニヤニヤしている。ま
あ、確かに恥ずかしがる小栗ちゃんもかわいいけど。

「こら！　変態メス豚かちょう！　師匠に手出すな！　あんたは小冬の足で十分よ！　ほら
舐《な》めなさいよ、変態！」

小冬が白タイツに包まれたつま先を課長の前に出す。

「やめなさい小冬！」

「いいのよ七哉くん。これが小冬ちゃんの魅力じゃない」

「課長、なんか、どんどんキャラ崩壊してますよ」

「うん……私って年下の女子に弱かったらしいの。今までの反動ね」

「冷静に自己分析しないでください」

「それよりチェキは撮れるのよね？」

「しつこいな！」

しかし、この要望は気付くと感染していたようで。

「俺もチェキ撮りたい」「いいよなチェキ」「本当のメイド喫茶はそういうサービスあるんだよな？」

と、客で来ていた男子たちも声を上げ始めた。

これは収拾が付かなくなりそうだ。

俺はチラッと委員長を見る。

「ふふふ」

あ、逆だ。

収拾付くな多分。

「いいじゃないチェキ！　やるわよ！」

やっぱり。

「委員長、急にチェキやるなんて言ってもカメラがなきゃできないでしょ」

「ああ、確かに」

「あれ意外と委員長ってバカなの？」

「誰がバカよ下野！　チェキがダメなら携帯のカメラで撮ればいいわ！」

「いやいやいや……ああ、ありか」

アイドルの握手会なんかでも客の携帯でツーショットだとかワンショット動画撮る特典み

たいなのあるって聞くもんな。前言撤回。委員長はバカじゃない。銭《ぜに》ゲバだ。

「はいはーい！　じゃあ、メイドと写真撮りたい人は言ってねー。誰と撮りたいか、何枚撮りたいか。写真は自分の携帯使って、一枚千円からー」

千円⁉　ぼったくりでは⁉

「千円かー意外と安いな」「千円なら全然あり」「絶対撮るわ」

いや、ありだった！　え、そんなもんなの？　相場がわからん！

「この中学生コンビはプレミアだから一枚千五百円。二人一緒に撮る場合は二千円でお得だよー」

今度こそぼったくりでしょ！　そうだよねみんな⁉

「まじかやっす！」「うわーこれはプレミア選びてー！」「プラス千円するだけであのコンビと撮れるのか、迷うわー！」

マジかよ！　安い商売だな！　そりゃ秋葉原《あきはばら》にメイド喫茶乱立するわ！

俺が頭を抱えていると、隣で課長が財布の中身を確認し始めた。まさか……。

「課長、小冬と写真撮る気ですか？　千五百円ですよ、千五百円。牛丼何杯食えると思ってるんですか」

「そうね。えっと手持ちは……」

「絶対聞いてない！」

「ああ、よかった一万円入ってる。えっと、小冬ちゃん単体と、右色さん単体と、コンビと、奈央ちゃんとで……六千円か。うん、足りる」

「うん、足りる。じゃない！　そういうのを散財っていうんですよ！」

「あ！　もう列できてる！　じゃ、七哉くん。並んでくるわね」

御免《ごめん》あそばせ。なんて声が聞こえてきそうな凛々《りり》しい表情で、課長は教室の奥にできている長蛇の列へと並びに行った。

メイドと写真撮るために並ぶ魔女ってなんだよ。

しかし、これが功を奏したのか……メイドとの写真サービスに加え、列に並ぶことで長時間、激カワ魔女が滞在することになったうちのクラスは、甘草南高校きっての歴史的な大《だい》繁盛《はんじょう》を見せるのであった。

と、その前に……なにやら列に並ぼうとした課長がこちらへ戻ってくる。

「七哉くん……あとでちょっといい？」

「なにか？」

「話したいことがあるから……十七時前に昇降口《しょうこうぐち》にあるイチョウの木の下に来て」

「……わかりました」

課長は俺の目を見ないまま列へと戻っていく。

十七時……。

イチョウの木の下……。

これってまさか。

そんなことを思っている間に、気付けばシフトの交代時間がやってきたようだ。

◆

校庭に続く石段に座って、俺はサッカー部が主催しているキックターゲットを観戦しながら、一人でくつろいでいた。

今ゲームにチャレンジしているのは、背が高くていかにも運動ができそうなガタイのいい二年生。確かバスケ部のエースだ。

横にはバスケ部のマネージャーがいて、必死にその二年生を応援している。

あの二人、付き合ってるのかな？

ターゲットを抜くたびにハイタッチをする二人を見て、俺はなぜか小栗ちゃんの顔を思い出した。

あれ、なんでだ。

なんで課長じゃなくて、小栗ちゃんが出てくるのだろう。

ああ、そうか。あそこにいるバスケ部のマネージャーは俺と同じ一年生。

エースの二年生にとっては後輩なのだ。

だから年下の小栗ちゃんを連想してしまったのだろう。

十一年前の今日、俺はイチョウの木の下で小栗ちゃんに告白された。

おそらく、その歴史は変わらない。

でも、俺はその気持ちから逃げないと決めた。しっかりと向き合う。そして課長とも……。

「あっ……」

しまった。これじゃダブルブッキングになる。

課長がどんな話をするのかはわからないが、待ち合わせは十七時。

小栗ちゃんから誘われるのも十七時。

でも、厳密には小栗ちゃんからはまだ誘われていないのだし、なんかイチョウの木の噂は
俺が作った屋上のゴンドラにそっくりそのまま移ってしまっている。

そうなると、小栗ちゃんはどう動くのだろう。先の見えない未来とは不安なものである。

「おーっす、七っち～！」

背後から食欲をそそるおたふくソースの香りを引き連れて、鬼吉が姿を現した。

「おう、鬼吉。シフト終わったのか？」

「イエース！　食うか？」

鬼吉は俺の横に座り、たこ焼きの入ったパックを目の前に差し出す。

「おっ、悪いね」

「いいぜいいぜ！　たくさん食べて大きくなれ！」

「んじゃ、遠慮なく」

八個入りのたこ焼きから一つ拝借し、ほおばる。うん、うまい。口の中が一気にソースと青のりの風味で満たされる。

「一人でたそがれてたけど、どーした？　悩み事か？」

「いや、悩みってよりは、気持ちの整理をしてたというか」

「あれだろ、文化祭パワーで透花に告るつもりだろー。七っちやるーヒュイ！」

「うーん、その前の段階かな。課長への気持ちには素直になるつもりでいたけど、その前に整理しておきたいことがあるんだ」

「おお……とうとう七っちから肯定的な言葉が……。いつもは、そんなんじゃない！　ってツンデレっちなのに」

ツンデレっちだと俺の原型なくなってんだろ。

「まあ、鬼吉の言う通り、この文化祭ではツンデレっちやめようと思ってな。課長にふさわしい男にはまだなれてないと思うけど、その意思があることはハッキリ伝えるべきかなって」

「ヒュイマックスハートキャッチだぜ七っち！」

なに、どういうこと？　プリキュアの話？

「でも、今の俺は一〇〇パーセント自信を持ってそのことを課長に伝えられる状態じゃないんだ」

一〇〇パーセントになるためには、小栗ちゃんの思いにけじめを付けなければいけない。

なぜ、そこまで小栗ちゃんにこだわるか。

それは小栗ちゃんが、俺のことを好きだと言ってくれた、初めての人だから。

そして、俺は観覧車で、彼女の本気の思いを聞いて、確かに心が揺れてしまったから。

こんなフワフワな状態で課長が好きだなんて、言えるはずもない。

「他に気になる人でもできたか？」

鬼吉が俺に聞く。毎度、鋭い質問をしてくる。

「そういうわけじゃないさ。俺が好きなのは課長だけ。でも、俺のことを好きだと言ってくれる人がいて、俺はもし課長と出会っていなかったら、その人を好きになっていたかもしれないんだ。だからその子と向き合ってから、本当に俺の課長への思いは確たるものなのか、確かめたくてさ」

「おいおいー、そんな話初めて聞いたぜー。俺の知らない七っちがいて、鬼ちゃん寂《さび》しい」

泣きマネをする鬼吉。涙の一つも出てないけどな。

「最近急に浮上した話だから、俺自身も落ち着いてなくてさ」

「七っちはつまり、場合によっちゃー、その子と付き合ってもいいと思ってるってことだな」

「おいおい、話、聞いてたか？」

「透花への自分の思いを確かめたいってことは、そういうことさ。少なくともその子を、魅力的と思っている」

「え、そうなのかな？　魅力的……そうは思うけど、多分それは彼女が俺を好きでいてくれるからで、要は好きって言われたから気になっちゃうっていう典型的なやつなんだと思うんだよ。それってめちゃくちゃ都合よくて相手に失礼じゃない？」

するとと、鬼吉は俺の肩に手を置いて、立てた人差し指を振った。

「ちっちっちっ、七ちっち」

「なんか指でやるゲームみたい！」

「なあ、七っち。好きって言われて気になることのなにが悪いんだ？　自分のこと好きだって言ってくれる人に興味を持つのは、人間として当たり前だろ。片思いから始まってるカップルなんて世の中にごまんといるぜ。七っちはそいつらに真実の愛はないって言うのか？」

「それは……確かに、そうだけど」

鬼吉の話ってなんでこんなに説得力あるんだろ。いつも納得してしまう。

「ははーん、わかったぞ。七っちはそれを気にしてるから、どっちつかずになってるんだな」

「どっちつかず？」

「七っちは透花が好きだからその子を好きになれないんじゃなくて、追われる恋に身を委《ゆだ》ねること自体が後出しみたいで卑怯《ひきょう》だと思ってるから、その子を好きになることにためらいがあるんだよ。多分そのままの状態で七っちなりに区切りをつけても、七っちの言う一〇〇パーセント透花を好きな気持ちっていう自信にはつながらないぜ。だって、それだといつまでも七っちの中でその子に対するうしろめたさが残るから」

鬼吉は最後のたこ焼きをパクっと口に入れ、豪快に嚙《か》んでから喉《のど》に流し込む。そして、再度俺を見て、

「まずは、透花のことはひとまず忘れろ。そして、好かれた相手にあとから興味を持つのは悪いことだという固定概念も捨てろ。その上で、その子の思いを改めて受け入れてみろ。いいか、七っち。七っちのことが好きなその子を、七っち自身が好きだと思うのか判断するんだ。余計なことを考えるな。好きだと思われていることが嬉しい、だからその相手が好き、それでいいんだ七っち。上條透花のことを追っている自分に縛《しば》られるな。下野七哉を追っているその子と向き合うんだ。それで七っちがその子を選んだとして、誰も七っちを責めないぞ」

真剣なまなざしが俺を見つめていた。

俺のことを好きだと言ってくれる小栗ちゃんを、俺が好きだと思うか……。

余計なことを考えずに、シンプルにそれだけと向き合う。

「鬼吉……。なんか俺、その子と向き合うってこと勘違いしてたかもしれない。鬼吉の言う

通り、今の話聞くまでの俺だったら、自分なりの決着を付けても、なにかわだかまりが残ってたと思う」

　多分、小栗ちゃんの本気を、ただ受け止めた気になっているだけで、結局モヤモヤしていたかもしれない。

「七っちはなんでも難しく考える癖《くせ》があるからなー。変に大人すぎるんだよ」

「あはは、そうかも。俺からしたら鬼吉のほうがよっぽど大人に見えるけどな」

「じゃあ、お互い様だな。結局俺らはどこまでいっても高校生。子供らしく、あがけばいいさ」

「もっともだ」

　俺たちのそばを風がそよいだ。

　その風に運ばれた金木犀《きんもくせい》の香りが鼻をくすぐる。

　校庭ではバスケ部のエースがちょうどキックターゲットのオール抜きを達成したところだ。

　隣にいたマネージャーは嬉しそうな表情を浮かべている。

「それでも、透花が好きだと思ったら、それが七っちの答えだ。厳しい追う恋でも自分がやりたいと決めたことならそれでいい。追われれる恋も追う恋も、どっちも本気さ。自分の本気を見つけろ七っち」

「自分が本当にやりたいと思って決めたことか……鬼吉、なんか課長みたいだ」

「俺が透花みたいだって？　じゃあ俺と付き合うか七っち。俺は七っちなら大歓迎だぜ～ヒュイ！」

「おい、やめろ、くっつくな！」


「下野先輩！」


じゃれ合う二人の男子高校生の背中に、純粋な女子中学生の声がかかった。

「……小栗ちゃん。メイド喫茶のほうは大丈夫だった？」

「はい……大丈夫というか、隙《すき》を見て私服に着替えてから抜け出してきました」

「ああ、やっぱり。なんかごめんね」

「いえ、下野先輩のせいじゃありませんから」

そんな小栗ちゃんを見て、鬼吉が立ち上がる。

「あれ、おぐっちじゃん！　ウェイウェーイ、久しぶりー！」

「げっ！　田所先輩！」

おいおい、ちょっと待て。鬼吉まで小栗ちゃんと知り合いなのかよ。

「鬼吉、小栗ちゃんとどんな知り合いなの？」

「中学の後輩だぜ！　仲良かったんだよ。なー、おぐっちー」

「仲良くありません。田所先輩、香水臭いです。あっち行ってください」

そうか、鬼吉も西中出身だったっけ。鬼吉が一方的に絡《から》んでるだけで、なんかやけに嫌われてる気がするけど。

「さっき小冬ちゃんと一緒にいた中学生はおぐっちだったのか。ホール側はよく見てなかったから気付かなかったぜ。てか、七っちこそ、なんでおぐっちと知り合いなんだ？　中学違うだろ？」

「うん……まあ」

俺が気まずそうにしてると鬼吉はすぐに、

「ああ、なるほど。そういうことか」

と、すべてを察したらしい。さっきの会話からすぐのことだとはいえ、さすがである。

「そんじゃ、俺は五組の焼きそば食いに行かなきゃだから、またな二人とも、ヒュイ！」

言うなり、鬼吉は俺にウィンクをした。

そして、ファイトと声を出さずに口元だけ動かして、そのまま校舎のほうへ消えていった。

残された俺と小栗ちゃんは互いに視線をそらしたまま、しばらくの間、その場で黙り込む。

そして、小さな吐息が漏れたあと、小栗ちゃんが口を開いた。

「下野先輩、お話があります」

そのときが来たようだ。

◆

校舎と校庭に挟まれた連絡通路の階段には、俺と小栗ちゃん以外、誰もいない。

両脇《りょうわき》から聞こえてくるにぎやかな雑音が、この場所の静けさをよりいっそう際立《きわだ》たせる。

まるで現実と幻想の狭間《はざま》に隔離されたかのようだ。

俺は校庭の脇に立っているポール式の屋外時計を見る。

十六時半。

やはり、歴史には齟齬《そご》が出た。

それは、俺の作った観覧車のレプリカがキッカケか。

それとも、俺と課長がタイムリープしてきたこと自体に要因があるのか。

確かめようはないが、大した問題でもない。

今、大事なのは「いつ」『どこで」じゃなく、「誰が」『なにを」だからだ。

それだけは変わらなかった。

俺はいつか、奈央に告白をした辰城《たつき》という男子にこんなことを言った。

『おまえが真剣だったからじゃねーのか』

歴史が繰り返しても、未来が少しずつ変化していても、変わらなかった奈央への強い思いに対して、本人に気付かせたかったから。

そんな偉そうに説教たれてた俺自身が、今になるまで、その真剣さから目を背《そむ》けていたなんて、笑えない男だ。

反省しろ。

歴史が繰り返しても変わらない彼女の思いに、しっかりと向き合え下野七哉。

人の本気に、本気で答えるんだ。

大人とか子供とか関係ない。

男として。

「下野先輩」

「うん」

いわし雲が流れる夕空の下、小栗ちゃんが俺の目をまっすぐに見た。

十一年前はずっとうつむいていた彼女が、しっかりと顔を上げ、俺の名前を呼ぶ。

「初めてゲームの中で話しかけていただいたとき、とても嬉しかったです」

「うん」

「一人で心細かった私に優しくしてくれて、それからずっと、下野先輩といつかお会いしたいと思っていました」

「うん」

「直接会ってみて、やっぱり素敵な方でした。とても優しくて、かっこよくて、ときにはドジなところもあるけれど、それもかわいくて」

「うん」

「この気持ちは誰にも負けません。誰よりも強く、私は」

「うん」

「私は下野先輩のことずっとずっとずっとずっと」

「うん」


「ずっと——大好きでした！　私と付き合ってください！」


こんな気持ち、生まれて初めてだった。

十一年前、高校生の俺にはわからなかった。

人から好きだと言われるのは。

誰かからこんなにも強い思いをぶつけられるのは。

こんなにも嬉しいことだったのか。

きっと、高校を卒業して、社会に出て、たくさんの人たちと触れ合い、いろんな経験をしてきたから、気付けたのかもしれない。

社会には親切な人も、たくさんいた。その分、嫌な人だって、たくさんいた。辛《つら》いことだって、たくさんあった。

だからこそ、彼女の純粋な気持ちが、深く、そしてなによりもまっすぐ、俺の心に突き刺さった。

そして俺は、自分でも驚くぐらい、心揺さぶられていた。

十一年越しに、ようやく、右色小栗の告白を受け入れられた気がする。

そうか、これが答えだったのか。

これが、俺の——本当の気持ち。


「小栗ちゃん、ありがとう。俺————」

上條唯人
Yuito Kamijo

PROFILE

年齢:22歳
学年:大学四年生
誕生日:4月19日(おひつじ座)
血液型:O型
身長:178cm
好きなもの:猫、ワイン、読書
苦手なもの:怒っているときの妹、機嫌悪いときの妹
特技:心理学

田所鬼吉
Onikichi Tadokoro

PROFILE

年齢:15歳
学年:高校一年生
誕生日:9月20日(おとめ座)
血液型:AB型
身長:179cm
好きなもの:レモンティー、チーズバーガー、下野七哉
苦手なもの:ピクルス、美術
特技:スポーツ全般、数学

第6章 女上司の本当の気持ち

「っていうわけなの！　奈央《なお》ちゃんどう思う⁉」

「あ、おばちゃんベビースターもう一つちょうだーい」

　ウスターソースとだしの焼けた香ばしい匂《にお》いが広がる二畳ほどの半個室。そこの中央に鎮座している鉄板で、奈央ちゃんがもんじゃ焼きを混ぜながら、駄菓子屋《だがしや》のおばさまに追加注文の声をかけた。

「ちょっと奈央ちゃん聞いてるの？」

「うん、聞いてる聞いてる。ベビースターたくさん入れたほうが美味《おい》しんだよカチョー」

　通学路の途中に鉄板焼きが楽しめる駄菓子屋があるだなんて話は十一年前からも耳にしていたが、実際に訪れたのは初めてだ。駄菓子が並ぶ店内の奥に鉄板を見つけたときは、本当にこんなところで鉄板焼きができるのかと少し感動した。

　こういう学生らしい穴場スポットに私を連れてってくれるのは、いつも奈央ちゃんだ。

　その点は非常に感謝している。

　感謝しているけれど、今は私の話を聞いてほしいのだ。

「だから聞いてるよカチョー。七哉《ななや》がお土産《みやげ》ショップで課長とデートしてたのに、おぐおぐとどっか行っちゃったんでしょ？」

　文化祭を来週に控えたある日の放課後。

　私は、先日みんなで行った遊園地で起こった午後の出来事を、奈央ちゃんに報告していた。

「そう！　そうよ！　おぐおぐ！　あの小さくてかわいらしい右色小栗《うしきおぐり》ちゃん！」

「うんうん、おぐおぐかわいいからねー。七哉が鼻の下伸ばしちゃうのもうなずけるよー」

「そうなのよ……かわいいのよ右色さん。でも七哉くん年上が好きなのよね？」

　駄菓子屋のおばさまがベビースターの袋を持ってきたので、奈央ちゃんはそれを受け取り、そのまま袋を開けてもんじゃ焼きの上に振りかけた。美味しそうだ。

「そうだよー、七哉は昔っから年上のお姉さん好きになるんだから。幼稚園のときも女の先生にガチ恋してたし、小学校のときは近所に住んでた女子大生好きだったからね」

「女子大生⁉　ちょっと、年の差ありすぎない⁉」

「だよねー、実らない恋ばっか追うんだよあの男は。そういえば、その女子大生に彼氏がいるとこ見て大泣きしてたなー、確か。彼氏がスーツ着たけっこうな大人だったんだよね。それで七哉は好きな人ができたら、まず、ふさわしい男になるべきだ、なんてコンプレックスこじらせたのかもね。はい、カチョーどーぞ」

　奈央ちゃんはそう言いながら、できあがったもんじゃ焼きを半分私のほうへ分けてくれる。

「好きだった人を、自分よりもはるかに大人な男性に取られる思いを小学生で経験して、軽いトラウマになってるのね。悲しい恋」

「まー、小学生が女子大生を好きだなんて、恋のうちに入らないでしょ。男子はみんな一度くらい大人のお姉さんに憧《あこが》れるもんじゃないかなー。高校生になるまでそれを一貫してる七哉は筋金入りだと思うけど」

「だとしたら、なおさら年下の右色さんにデレデレしてるのはおかしいじゃない」

デレデレしてたっけか。右色さんがアピールしてたのは確かだけど、うーん、でも二人きりで観覧車のったなら、デレデレしてたはずよね。

「おぐおぐはかわいいからねー」

「もう、それしか言わないじゃない！　そして、その通りなのよ！」

素朴《そぼく》で、純粋で、白くて、ちっちゃくて、幼くて、もうなんか全体的に、この上なくかわいいのよね。

「でも、七哉の好きなタイプではないと思うよ、おぐおぐ」

「や、やっぱり……そうなのかな？」

「うん！」

幼馴染《おさななじ》みの奈央ちゃんが言うなら間違いないのだろう。

七哉くんの憧れの人は彼より年上だ。これは本人から直接聞いている情報なので確定事項。

そうなると、右色さんが七哉くんのことを好きだとしても、その逆はないはず。

なのに……。

この胸騒《むなさわ》ぎは、なんなのだろう。

「でもカチョー、ウカウカしてると取られちゃうかもよー！　なぜなら！」

「右色さんは……」

「おぐおぐは……」

「「かわいいから！」」

これに尽きるのだ。

右色さんはかわいい。そんなかわいい後輩にアタックされたら、いくら年上好きだとはいえ、コロッと落ちてしまっても不思議じゃない。

未来はいくらでも変わるのだ。

「実際、まったく興味なかった相手からでも、好きって言われたら気になっちゃうもんね。おぐおぐ、七哉のことタイプだって宣言もしてたんでしょ？」

「うん、してた」

「好き好き光線全開だ！　一方ツンデレがんこちゃんのカチョーは七哉に好き好き光線は……？」

「してない……どころかそんな必殺技もともと私に備わってない」

「なに言ってるのカチョー！　好き好き光線は全女子に標準装備だよ！　おっぱい揉《も》んどく？　って言えば男子なんてみんな落ちるんだから！」

「そうね、卒業までには奈央ちゃんのその発想どうにかして矯正《きょうせい》するわ」

「きゃーこわいーカチョー、そんな怖い顔しないでおっぱい揉んどく？」

「おばか！」

　しかし、確かにこれをやられたら、世の男子はほとんど落ちる気がする。今日も今日とて制服がはちきれそうなほどデカい。

「わたしはおぐおぐとも仲良しだから、どっちも応援したいんだけど、七哉の体は一つしかないからなー。てか、おぐおぐとカチョーにモテてる七哉がムカついてきたな。普段はモテないキャラ気取ってるくせに、ピンポイントに美少女たちのハートをつかみやがって。いっそのこと一つしかない体なら裂ければいいのに」

　この子、ときおり物騒なこと言うのよね。

「でもカチョー、今はおぐおぐが一歩リードだよ。ライバルが現れた以上、カチョーもそろそろガーっと行かないと！」

「ガーっと……」

「そう、ガーっと！　七哉は鈍感だから言葉にして言わなきゃ伝わんないよ。伝わんないっていうか。カチョー本人の口から直接じゃないと信じない、が正しいかな」

私の口から直接……か。

確かに、私はタイムリープしてからいろいろアピールしてるつもりだったけれど、それはどれも遠回しのもの。そりゃ、社会人の頃《ころ》から比べたらものすごく頑張ってるのだし、そこは褒《ほ》めてもらいたいのだけれど……。もっともっと頑張ってる人が目の前に現れたら、私の努力などちっぽけなものだったと痛感した。

いい加減、覚悟を決めるときなのかもしれない。

「頑張って……みようかな」

私はそう独《ひと》り言《ごと》を漏《も》らして、カリカリっともんじゃ焼きのおこげを削る。

すると、目の前で奈央ちゃんがニヤニヤと私を見ていた。

「な、なに奈央ちゃん？」

「カチョーもおぐおぐに負けないくらい、すんごい、かわいいよ」

「もう……バカなこと言わないでよ」

仕事では完璧《かんぺき》だなんて言われてきた私も、このかわいい後輩には勝てないみたいだ。

◆

文化祭前夜。

二年二組は、明日のお化け屋敷を成功させるため、入念な準備をしていた。

私も衣装係の子が用意してくれた魔女のコスチュームを試着し、問題がないか最終チェックを受けている最中だ。

「うーん、上條《かみじょう》さんが着るとなんか怖さより美しさが勝つわね」

「え⁉　私自身の問題⁉」

「ちょっと流行《はや》りにのっかって魔法学校っぽさ出しすぎたかしら」

「ああ、確かに、あの大人気映画のシリーズ完結編がそろそろ公開だものね」

「まあ、でも今さら直す時間ないし、このままでいこう」

衣装係の女子が言う。いや、試着した意味。

手伝ってもらいながら衣装を脱いでいると、当日のシフト管理を任されている男子が私の元へとやってきた。

「上條さん、シフトってこれで問題ないかな？」

「どれどれ……。ああ、昼どきに整列誘導の係もう一人増やしたほうがいいかも。例年の文化祭だと、この時間帯が一番混むってデータあるし、今年は珍しくお化け屋敷はうちのクラス以外やってないらしいからね。混雑すると思うわよ。隣の教室で茶道部《さどう》がお茶会開くって聞いたから、なおさら騒がしくして雰囲気を壊すわけにはいかないいし」

「さすがだね、ありがとう。再調整してみる」

男子がはけると、すかさず音響係の女子がやってくる。

「上條さんこの前に指摘されたところ修正したんだけどＢＧＭ確認してもらっていい？」

「うん。ふんふん、いいわね。うん、完璧だと思うわ」

「ありがとう！　上條さんのおかげだよ！」

お次は小道具の男子。

「上條、あそこの血を再現した垂《た》れ幕どうかな。位置、大丈夫だと思う？」

「うん、位置は悪くないけど、あの結び方だと途中で落ちる心配があるわね。しっかりと固定しないと事故になりかねないわよ」

「わかった。固定し直す」

「あと林《はやし》先生に頼んでた追加の小道具は？」

「ああ、今日までに準備して届けてくれるって聞いてたけど、確かに遅いな」

「忘れてるかもしれないし、あんまり遅いようなら催促したほうがいいわよ」

「垂れ幕直したらそうするよ。サンキュ」

男子が自分の仕事に戻ると……。

「上條さーん」『上條ちょっとこれ見てくれ』『ねーねー透花《とうか》これって」

止まらない確認依頼を一つずつこなし、しばらくしてようやく、私は試着していた魔女の衣装を脱ぐことができた。

「ちょっと私、休憩してくるわ」

「いってらっしゃーい」

衣装係の子に言い残してから、次の来客がある前にと足早に私は教室を出た。

そして昇降口《しょうこうぐち》で外履《そとば》きに履き替え、自動販売機で缶コーヒーを一つ買う。

「はあ……疲れた」

いつの間にか出し物の総指揮みたいな仕事になっている。一応、今回はただのおどかし役の一人なんだけどな。

頼られるのは嫌いじゃない。

私で役に立てることがあるなら尽力しよう。

だけど、みんなが頼ってくれる、さすがだと言ってくれる……そんな上條透花は実際のところ、自分のことに関してはてんでダメなポンコツなのだ。

他人からの評価と自己の分析があまりにも乖離《かいり》している。

そんなことで悩む日が来るとは思ってもみなかった。

昇降口から見えるイチョウの木を眺めて、私は缶コーヒーの蓋《ふた》を開ける。

そういえば、あのイチョウの木には恋愛成就《じょうじゅ》の噂《うわさ》があるとかないとか。

文化祭の日に、あの下で告白して結ばれたカップルは結婚できる……だっけかな。

ぶっちゃけ、そんな噂もタイムリープしたあとで知った。おそらく十一年前もこの噂はあったのだろうが、当時は生徒会長として文化祭を運営する側で動いていたので、そんな話を知る機会はなかった。

いや、言い訳だな。

ただ私がそういった話題に無頓着《むとんちゃく》であっただけだ。

七哉くんを好きでいても、高校時代は陰から見るだけの傍観者。

例え、その噂を知っていても実行する勇気だってない。

それは今も変わらない。

奈央ちゃんからお説教を受け、頑張ってみようと決意したばかりなのに、あのイチョウの木を見たところで、じゃあ噂を信じて七哉くんに告白してみようか……だなんて勇気は出てこない。

覚悟を決めると意気込んだところで、その覚悟自体がたかが知れたものなのだ。

「はーあ……やんなっちゃう」

「ウェーイウェーイなにがやんなっちゃうんだ透花！」

陽気な声を響かせながら、明るい茶髪の男子が私の前に現れる。

「あら、鬼吉《おにきち》くん。どうしたの？」

「二年二組に小道具届けに行ったら、透花がここにいるって聞いてな！」

「ああ、小道具ようやく来たのね。届けてくれてありがとう鬼吉くん」

「どういたましヒュイ！」

　やぱい、鬼吉語が難解すぎる。

「それより透花、ため息なんてついてどうしたんだ？」

「鬼吉くん……悩み聞いてくれるの？」

「いや、聞かない」

「今の流れで聞いてくれないの⁉」

「俺《おれ》がお悩み相談を聞くのは、七っちだけだぜイェア！」

　よっぽど七哉くんが好きなのね、この子は。

　そういえば鬼吉くんはもともと高校一年生の時期はギャル男じゃなかったなんて話を七哉くんから聞いたことがある。そこは変わっているのに、七哉くんとの関係は変わらない。時代を越えてもお互いを理解し合っている二人の間にはなにがあるのだろう。

　今の私にとって決定的なヒントを得られるかもしれない。

「鬼吉くんと七哉くんは、高校に入ってからのお友達なのよね？」

「ん？　そうだぜ。中学違うしな！」

「なにがキッカケでそんなに仲良くなったの？」

「入学して最初の席が近かったからだぜヒュイゴー！」

「それだけ⁉」

「そうだぜヒュイヒュイゴー！」

「もっと、なんかこう、二人だけの特別なエピソードとかあるでしょ!?」

「ないぜヒュイヒュイヒュイゴー！」

本当にないっぽい！

「じゃあ、なんでそんなに仲がいいの？」

「透花、友情に理由なんて必要かい？」

「ぐうの音《ね》も出ないわ……」

「七っちとは気が合う。それ以上でもそれ以下でもないさ」

鬼吉くんはサラッと言ってのけた。

確かに、それが本当の友情なのかもしれない。

特別な理由なんていらない。

ただ一緒にいるだけで楽しい。一緒にいると幸せ。

これほどまでに素敵な関係があるだろうか。

「羨《うらや》ましいな……」

「なんだ、やっぱり七っちのことで悩んでたのか」

「べ、別にそんなんじゃないわよ」

「俺は透花の悩み聞かないけど、落ち込んでる透花を励ましてくれる小粋《こいき》なやつなら知ってるぜ」

「誰《だれ》よ……。そんな人いる？」

「七っちが屋上に来てくれってさ」

「えっ、七哉くんが⁉」

「あ、でもなんか準備があるから、一時間くらい時間空《あ》けてから来てほしいって言ってたな」

「そ、そう……わかったわ」

なんの用事だろうか。『俺、小栗ちゃんと付き合うことになりました！』なんて報告だったらどうしよう。いやいや、そもそも私にそんな報告する必要がないだろう。

「んじゃ、伝えたから俺は戻るわ」

「うん、ありがとう鬼吉くん」

「どういたましヒュイ！　バイチー」

手を振って鬼吉くんは校舎へと戻っていった。

そういえば開けた缶コーヒーにまだ一度も口を付けていない。とりあえず一服して教室に戻るか。

そう思い、一口。

「あっま……、え、なにこれ」

持っていた缶コーヒーをヒョイと顔の位置まで持ってきて、商品名を見る。

『アイスココア』

「はあ……」

ネガティブ思考のときに行動するとロクなことが起きないもんだ。

今の私に、アイスココアは甘すぎる。

◆

きっかり一時間経《た》ったことを確認した私は、教室を抜け、屋上に向かった。

さすがにこの時間になると廊下に残っている生徒はほとんどおらず、その代わり、各教室の中から楽しそうな声が聞こえてくる。

うちの学校は前夜祭がないので、みんな気分を味わいたくて、打ち入り的なことをしてるのだろう。

四階から上はクラスもないので灯《あか》りはついていない。

暗闇《くらやみ》の階段をゆっくり上がれば、ワックスがけのされた床と、上履きの底が鳴らす、独特なキュッキュッという足音が、静かな校舎に響き渡る。

なんだか自分の心臓の音を聞いているようで、だんだんと緊張が増してきた。

五階まで上ると、ほのかに外の光が差し込み始める。

私はその光の差し込む入り口までたどり着くと、一旦《いったん》足を止め、気持ちを落ち着かせた。

「よし……」

誰に言うわけでもないかけ声を発し、静かにドアを開く。

綺麗《きれい》な星空の下で夜景を眺める七哉くんが、そこに立っていた。

彼は私の出したドアの音に気付いたようで、すぐにこちらを振り返る。

「お疲れ様です、課長」

「学校でお疲れ様ですって言うな」

毎回、歳《とし》取った気分になるわ。

「すみません」

なんて、謝る彼の顔がやけにこわばっている。

なにか深刻な悩みでもあるのだろうか。

考えてみれば、誰もいないこんな場所に上司の私を呼び出してるのだから、想像以上に重たい話があるのかもしれない。

何度も言うが頼られるのは嫌いじゃない。

部下の七哉くんにとって、私は長年連れ添っている上司。

頼られるならそれに答えよう。

さっきまでのクヨクヨしていた上條透花は一旦封印。

七哉くんの前ではかっこいい上條透花でい続けたい。

それだけは私なりの意地なのだ。

人からデキる女と評価されるなら、好きな人の前でくらい、それを演じてみせる。

私は七哉くんに声をかけ、話を聞いた。

しかし、よくよく聞いてみると、どうやら私の見当違いだったようで、別に大した用事ではないらしい。だったら、そんな神妙な顔するなよ、まったく。

心配するじゃないか。

そんな私の気も知らず、彼は照れくさそうな顔をして言う。

「ちょっと、課長に見せたいものがあって」

そして、私を塔屋《とうや》の裏へと招いた。

そこには木材をつなぎ合わせて作られた、大きなゴンドラがあった。

そして、七哉くんは、

「観覧車、のりたかったって言ってたでしょう?」

なんてことを言うのだ。

ああ、そうか。

ようやく私は気付いた。

どうして彼をこんなにも好きなのか。

頼られることが当たり前になっていた私。
でも本当はダメで弱くて意気地なしの私。
誰も知らない、私しか知らない私。
そんな上條透花を、彼だけは見ていてくれるのだ。
本当の上條透花を知っていてくれる。
十一年前のように身をていして助けてくれる。
夏祭りのときみたいに息を切らして駆け付けてくれる。
そして今、この瞬間も、私を励ましてくれる。
本当の私を彼だけが知ってくれている。

だから私は彼が好きなのだろう。
下野《しもの》七哉に恋しているのだ。
「七哉くん、ありがとう」
決めた。
私は明日、彼をイチョウの木の下に呼ぶ。
そして、そこで私の気持ちを打ち明ける。

――上條透花は下野七哉に告白します！

◆

「うっひょー！　ここは天国なのー⁉」

やってきた文化祭当日。

メイド喫茶《きっさ》をやっている一年七組の教室で、私は女子中学生メイドさんを両脇《りょうわき》に立たせ、その肩を抱いていた。

チェキ撮影会改め、写メ撮影会だ。

自身も魔女のローブを着たままなので、コスプレ撮影会みたいになっているが、まあ、いいだろう。

七哉くんに魔女の姿を見せるという目的は済んだのだし、ここからは私的な時間とさせてもらおうじゃないか。

「上條さん、これどうやってカメラ撮るんですか？」

私のスマートフォンを握《にぎ》りながら一年七組の学級委員長だという子が、カメラの起動に四苦八苦している。

「ああ、ごめんなさいね。ここ」

　私は一度彼女からスマホを受け取り、カメラアプリを起動させた。

「へー、スマホいいなー」

「そのうちみんな持つようになるわよ。あとはここタップしてくれれば撮れるから、よろしくね」

「わかりました」

　再び私は定位置に戻り、スタンバってるカワイコちゃんたちの肩に手を回した。

「ちょっとかちょうのおばさん近いんだけど」

「小冬《こふゆ》ちゃん、これは立派なお仕事なのよ。ナンバーワンのメイドさんになるため頑張りなさい」

「別にナンバーワンのメイドさんなんて目指してないわよ！」

　そうこうしてると、委員長ちゃんがカメラを構える。

「撮りますよー」

「ほら、二人とも笑って」

「はい、チーズ」

　パシャリ。

　私はすぐに委員長ちゃんの元へ駆け寄り写真を確認した。

「これで撮れたんでしょうか？」

「うん、バッチリ！　きゃーかわいいー！　二人とも笑ってって言ったのをちゃんと恥ずかしそうに実践《じっせん》してくれてるー！　最高ー！」

「お客様、お次は当店一番人気のナオちゃんでよろしかったですよね？」

「もちろん！」

「ナオちゃん、ご指名よ」

「はーい！」

なんだ、この楽園は。桃源郷《とうげんきょう》はここにあったのね。山なんか登って瞑想《めいそう》してる場合じゃなかったわ。別世界への入り口は地上にあったのよ！

「なにやってんの透花……」

凄《すさ》まじく鋭い視線が廊下のほうから突き刺さった。

私は咄嗟《とっさ》に顔を横へ向ける。

開きっぱなしにされていた戸の向こうで、カリスマギャルが、口を引きつらせてこちらを見ていた。

「び、琵琶子《びわこ》！」

「……」

めちゃくちゃ引いた顔してる！

「琵琶子違うの、これは！　こ、これは、そう！　桃源郷なの！」

はぅあっ。私はなにを言ってるんだ。完全にこの場が持つ魔力に毒され、脳がバグってしまっている。

琵琶子は眉《まゆ》を吊《つ》り上《あ》げながら、ドカドカと怪獣みたいな足音を鳴らして教室へ入ってくる。

「ちょっとここの責任者は誰なんだケド！」

「はい私です、左近司《さこんじ》先輩」

委員長ちゃんが堂々と琵琶子の前に立つ。さすがカリスマギャルだけあって琵琶子の名前は一年生にも知られているようだ。

「こ、こういうのってエ、エッチなお店のやつじゃないの！　ビワ、文化祭でそういうのイケないと思うんだケド！」

あまりに純粋無垢《むく》な発言！

琵琶子にはメイド喫茶がいかがわしいお店に見えるのね。そもそも本当のそういうお店って、多分セキュリティ的な問題で写真撮影とか逆にできないと思うわよ。

「へー、左近司先輩……メイド喫茶のルール知らないんですねぇ」

委員長ちゃんの口角がニヤリと少しだけ上がった。あ、これは……もしかして。

「は、はあ？　ルールとか関係ないし！」

「メイド喫茶で写真を撮るサービスは大半の店舗がやっていることで、れっきとしたビジネスなんですよ。それをいかがわしいことと勘違いするなんて、左近司先輩のほうが逆にそのようなことを常に考えているんじゃないですか?」

「ビワはそんなエッチなこと考えてないんだケド!」

「おっと、失礼。では、左近司先輩が、ただ、性知識に乏《とぼ》しいお子ちゃまなだけでしたか」

「は、はぁ~!? 今はお店のルールの話をしてて、せ、性知識とか関係ないと思うんだケド!」

顔を真《ま》っ赤《か》にしている琵琶子と、悪~い笑顔の委員長ちゃんに、教室中の注目が集まっている。しかし、委員長ちゃんの煽《あお》りスキルすごいな。

「そうです、メイド喫茶のルールの話をしているのです! 写真撮影はメイド喫茶のルールとしてなんら問題はありません!」

「そ、それは……そう言うなら、そうかもで、ビワが知らなかったから悪かったケド」

「悪いで済まされるなら警察はいりません! これは立派な営業妨害ですよ左近司先輩!」

「え、営業妨害!? ビ、ビワそんなつもりじゃ……」

おいおい、こんな支離滅裂な理論に、学業でもトップクラスの聡明な左近司琵琶子が、なにを押されている。煽られすぎで、完全にペースを持ってかれてるじゃないか。

「そして営業妨害をした人は賠償《ばいしょう》としてメイドさんになってもらうのが、メイド喫茶のルールです!」

「そんなワケあるかー!」

ほっ、さすがにツッコんだか。

「はーっ！ またそうやって左近司先輩は、自分の知らないルールは存在しないものだと決めつけるんですね！」

「え……それは……その」

いや、おい琵琶子。

「さっき反省したばかりなのに、一度ならず二度までも！ 私を嘘《うそ》つき呼ばわり！」

「えっと……」

おーい、琵琶子さーん、大丈夫ですよねー？

「はーっ！ 悲しい！ 私はメイド喫茶のルールに則《のっと》ってるだけなのに、悲しいですよ左近司先輩！」

「ごめんなんだケド……」

はい謝った！ 謝りおったよこの子！ そもそも、さっきからメイド喫茶のルールって言い方なんなんだよ！

「メイドさん……やってくれますよね？」

「……えっと、それは」

「やってくれますよね？」

「……はい」

この子、将来詐欺《さぎ》とかに引っかからないかしら。心配になってきたわ。

「ありがとうございます、左近司先輩」

そう言って委員長ちゃんは琵琶子を抱きしめた。

琵琶子の背中で委員長ちゃんが悪魔のような笑みを浮かべている。てか、今、手で銭《ぜに》のポーズ作った！　恐ろしい子！　彼女を見ていると本社にいた経理の人を思い出す。あの人もお金のことになるといろいろすごかったなぁ。

カリスマギャルのメイド参加により一年七組はさらなる盛り上がりを見せる。

そんな騒動の中、いつの間にか私服に着替えていた右色さんがソロリと私の前を通った。

あ、逃げるつもりだ。まだ右色さん単体との写真撮ってないのに！

まあ、あの委員長ちゃんの様子を見ると、彼女もおそらく無理やりメイドをやらされていたのだろう。

ここはおとなしく見送るか。

そう思っていると、右色さんがふと立ち止まり、私を見た。

そして今までに見たことのない強い眼差《まなざ》しを向けながら言った。

「私、絶対に負けませんから」

私はただ去っていく右色さんを呆然《ぼうぜん》と眺める。

なんだか、その背中は別人のようだった――。

◆

十七時まであと五分。

私は昇降口の前に立つ大きなイチョウの木に背を寄せて、約束の時間が来るのを一人待っていた。

結局あれからメイド喫茶は琵琶子の加入もあり、大盛況。人が殺到しすぎて何事かと教員たちが見にくるほどだった。私も十二分に堪能《たんのう》し、一時間ほどあの場に入り浸《びた》ってしまった。

十七時が近付いていることに気付き急いで制服に着替えて、ここまで来たのがほんの数分前のこと。少しばかり遊びすぎたようだ。まあ、でも琵琶子の慌《あわ》てふためく珍しい姿も見れたし、なんとか時間にも間に合ったし、ヨシとしよう。

それにしても、昇降口付近にはほとんど人がいない。

たまに校庭へ向かう通行人が何人か通りすぎる程度。私としては人がいないほうが緊張しないので都合もいいのだが、こうなってくると噂が本当なのかという不安が生まれてくる。

毎年、イチョウの木の下で告白をする生徒は少なくとも二、三人いるという。もちろん一大イベントとしてそれを見にくるヤジウマも集まるわけで、本来なら昇降口の周りは大勢の人で溢《あふ》れると聞いていた。

しかし、この静まりようはなんだ。

噂がまるごとどこかに引っ越しでもしたというのか。会場変更のお知らせを見ないままライブに来てしまったような、このなんとも言えない心細さ。

いや、目的は告白をすること自体なのだし、別に問題はないのだが、せっかく勇気を出すのだから、どうせなら恋愛成就の噂にあやかりたい気持ちもあるのだ。

いかんいかん、そんな神頼みでどうする。そもそもこの噂はカップル成立後に効能を発揮するわけだし、私は一度その神頼みってやつをタイムリープに使っているのだから、贅沢《ぜいたく》など言える立場じゃない。

心を落ち着かせ、静かに待とう。

そして、一分、また一分と時が流れていく。

それと比例するように、私の脈が速くなる。

今のところ彼が姿を現す気配はない。

いつもなら五分前には必ず待ち合わせにやってくるはずの七哉くん。

なにかあったのだろうか。

しかし、まだ十七時を迎えたわけじゃないのだし、余計なことを考えるのはよそう。

ただ、ただ、そのときを待つ。

そして――。

十七時を告げるチャイムが校舎のスピーカーから流れてきた。

彼は――来なかった。

いや、遅れているだけかもしれない。

もう少し……もう少しだけ待とう……。


「下野先輩なら来ませんよ」


聞き覚えのある声が私の耳を通りすぎた。

ゆっくりと声の主を見る。

「どういうこと……右色さん」

そこに立っていたのは、下野七哉くんではなく、右色小栗さんだった。

「言ったでしょう?　あなたには絶対に負けないって」

言われた。

わかっている。彼女は七哉くんが好きで。

そして、おそらく私が七哉くんに気があることも気付いているのだろう。

けれど、それは七哉くんがここに来ないという理由付けになっていない。

「具体的に教えてくれないかしら?」

私は動揺を悟《さと》られぬよう、できるだけゆっくり、そして呼吸を整えながら右色さんに聞く。

「意外と上條先輩は鈍感なんですね。そういえば、ここ数ヶ月でなにか変わったことはありませんでしたか?　あなたの周り……いや下野先輩の周りで」

「七哉くんの周りで……?」

数ヶ月とはどのくらいの期間を指しているのだろう。彼の周りで変わったこと……。私がこの高校時代で七哉くんと関《かか》わりを持つようになったのはタイムリープをしてからのこと。いろいろと考えても、右色さんがなにを言いたいのか、その趣旨《しゆし》がいまいちわからない。

「なるほど……変化に対してはあまり深く考えなかったのですね。そういうもんだと認識したのか……考察ってのは大事ですよ、上條先輩。もしかしたらその詰めの甘さが今回のあなたの敗因だったのかもしれませんね。少しでも彼らの変化に対して辻褄《つじつま》が合わないと思えば、気付けたのかもしれないのに」

「だから、なにを言っているの右色さん。あなたの言っていることがよくわからないわ」

いったい、なにが起こっているのか。

なぜ、七哉くんは来ない?

そして、なぜ右色さんがそれを私に告げる?

頭の整理が追い付かない。

「別に今さらなんで、どうでもいいことですよ。確定している事実は一つだけ」

私を一人置き去りにして、右色さんはことを進める。

かわいらしい彼女からは想像できない不敵な笑みを浮かべて。

「右色さん……?」

右色さんはゆっくりと着ていたカーディガンのポケットに右手を入れながら、私に近付いてきた。

「私の勝ちです、上條先輩。いえ――」

「上條課長」

そして、取り出した小さな包みの封を切り、彼女はピンク色をした小さな飴玉《あめだま》を、口に入れた。

アナザーローグ

Why is my strict boss melted by me?

「右色《うしき》くーん、ホチキスの針どこだっけー？」

十二時。社員たちが昼休みを取りにオフィスから発《た》つ中、係長が私の名前を呼んだ。

私は事務用品が収納されている棚からホチキスの針を取り出し、係長へ渡した。

「すまんね。ついでにこのカップ片付けておいてくれる？」

「わかりました」

カップを受け取り、流し台まで持っていく。

洗い終わったカップを水切りカゴに移したときには、すでに十二時から十分がすぎていた。

「はあ……」

今日もコンビニでお弁当買ってくるか。

右色小栗《おぐり》、二十五歳。

大手の管理会社で事務を務める、しがない会社員。

宅建も管理業務主任者の資格も、マンション管理士すら取ったのだが、フロント業務は
体力のない私には続けることができず、去年、事務課に回されたばかりだ。

しかし、事務職だって会社を支える立派なポジションだ。上司のお世話をするために働いているわけではない。

ましてや、貴重な昼休みの時間を削られるなんて、労働基準法に反しているのではないか。拘束《こうそく》されるなら休憩中だとしても勤務時間だと認められるはずだ。

なんて、息巻いたところで、臆病《おくびょう》な私になにかできるわけでもない。

私だけ、ハラスメントに対して強い意志で戦う昨今の風潮とは無縁の世界で生きているのか、結局、改善されていく時代の中でも、自分自身が動かなければ変化は訪れないものだ。

エレベーターにのり一階まで降りる。複数の会社が入っているビルのエントランスは広く、屋外を出るまでにも時間が費《つい》やされる。うう、刻々と昼休みの時間がなくなっていく。

ようやく入り口の前に着いたところで、私の体に反応するよりも早く自動ドアが開いた。

そして、ドアを挟んだ向こう側から颯爽《さっそう》と、絶世の美人が姿を現した。

長くきらめく黒い髪。切れ長で大きな目に筋の通った小さな鼻。八頭身はあるんじゃないかというほどの完璧《かんぺき》なスタイルが私の前を通ると、華やかな香りが辺りを包んだ。

うちのビルに入っている商社に、とんでもない美人がいる。ここで働いている人間なら誰《だれ》もが知っている話だ。

株式会社ジーオータム商事、そこに勤める上條《かみじょう》課長とは彼女のことだ。

私は昔から上條課長のことを知っている。

と言っても、地元が一緒なだけで私が一方的に知っているだけだ。

今からおおよそ十年前にも、このビル内と同じような噂《うわさ》が流れていた。

甘草南《あまくさみなみ》高校に上條透花《とうか》という美少女がいる。

面白《おもしろ》い話で、十年経《た》っても噂の内容はほぼ変わっていない。美少女が美人になっただけである。しかも当の本人はというと、見た目は当時のまま。今の彼女が甘草南高校の制服を着たところで、まるでタイムリープでもしたのかと思うくらい、若々しく、綺麗《きれい》だ。

ハイヒールの音を高く鳴らして、彼女はビルの中へと入っていく。その背中を追いかける人がいた。

「課長ー待ってくださいよー」

私は咄嗟《とっさ》に下を向く。

彼に顔を見られたとて、私のことなど覚えていないだろうに。うつむく癖《くせ》は十年前から変わらない。

逃げるように私は自動ドアをくぐり外へ出た。

すれ違いざまに彼がこちらを見ていた気がする。

おそらくただの幻想なのだろうけど。

「はあ……なんで下野《しもの》先輩の会社が同じビルなのよ……」

私は下を向いたまま歩き出す。

下野先輩とこうやって遭遇するたびに毎回身を潜《ひそ》めるのはもう飽きた。自意識過剰なのはわかっているが、それが私の性格なのだからしかたない。臆病で、卑屈で、根性なし。うう、そこまで言わなくていいじゃない。私だって一度だけは頑張ったのだから。

それは十一年前のこと。

私は下野先輩に告白して見事に玉砕《ぎょくさい》した。

今でも後悔している、悲しい記憶だ。

別に告白したことを後悔しているわけではない。

もっと、やりようがあったのではと後悔しているのだ。

あんな髪の毛も伸ばしっぱなしで、色気もない中学生を、好きになる男子がどこにいよう。デートだって一回きり。東京タワーに上っただけで会話もろくにしていない。そんな状態でよくも告白なんて大胆な行動に踏み切れたなと、逆に感心するレベルだ。

ある程度、身なりを整えるたしなみも覚えた大人の今なら、もう少し上手《うま》くできるだろう。まさか十年も引きずる恋だなんて思っていなかった。ああ、あの頃《ころ》に戻ってやり直したい。

ふと、桜の花びらが鼻の頭にのっかった。

「もう、そんな季節か」

なんて顔を上げると、いつの間にか見知らぬ路地へと出ていた。目の前には古びた神社。

「げっ……考え事しすぎた。もう、昼休みが終わっちゃうぅ」

さっさとコンビニ行ってお昼ご飯を買わなければ。

そう思い、踵《きびす》を返すも……。

「会社の近くに神社なんてあったっけ?」

なんだか気になる。

こんなことしている時間はないのに。

けれど、神社に咲きほこる桜があまりに綺麗で、私の心はとっくに奪われていた。

「少しだけ。ほんの少しだけお花見ってことで」

誰に言い訳するでもなく、私はひとり呟《つぶや》きながら境内《けいだい》へ続く石段を上った。

風にのって舞う桜の花びらはまるで私を歓迎しているようだ。

こんな神秘的な場所なら私の願い事を一つくらい叶《かな》えてくれるかもしれない。

拝殿まで足を進め、賽銭箱《さいせんばこ》に小銭《こぜに》を投げる。

「下野先輩と付き合えますように下野先輩と付き合えますように下野先輩と付き合えますように下野先輩と付き合えますように下野先輩と付き合えますように下野先輩と付き合えますように下野先輩と付き合えますように下野先輩と付き合えますように下野先輩と付き合えますように下野先輩と付き合えますように！　おらー！　神様一度くらい私の願い叶えろー！」

反応がない。ただのおんぼろ神社のようだ。

そんなこと、わかってるっていうんだよ。

ああ、あほらし。私ストレスたまってんのかな。

さっさと、お昼ご飯買いに行って現実に戻ろう。

その前に、貴重なお昼休みの時間を奪った神社の神様に文句を言っておこうか。

「せめて中学時代に戻せバカー！」


気付くと私は鏡の前にいた。

見慣れた実家の洗面所に立ち、長い前髪でほとんど視界が遮《さえぎ》られながらも、やぼったい自分の顔を眺めていた。

こんなあか抜けない姿を見せられたら、恥ずかしさでなにが起こっているのか一瞬で理解せざるをえない。

ああ、そうだ。

私、まじで中学時代に戻ってる！

◆

「らんらんらーん」

美容院で綺麗に髪を整えた私は浮かれ気分で街を闊歩《かっぽ》していた。

しかし、家で引きこもって同人漫画ばかり描いていた中学時代の私。見た目もなかなかすさまじいものがあった。よくあんなに前髪伸ばして平気でいれたな。ほとんど前見えてない状態だったぞ。

「いやー、やっぱりこれくらいの長さが一番しっくりくるな。髪型を整えれば中学時代の私でも見れないことないじゃない」

喫茶店《きっさてん》のガラスに反射した自分を見ながら、つい独り言《ひとごと》を漏《も》らす。あ、中の人と目が合った。はずっ。

私は目をそらし、下を向いて歩き出す。

いや、だめだ。なにかあったらすぐうつむくことは私の悪い癖だ。

せっかくやり直しのチャンスを得たのだから、うつむくのではなく前を向く癖を付けよう。

そのために髪の毛だって切ったのだし。

——私が二十五歳の四月から戻ってきたのは十三年前。

同じ四月。けれど違う時代。十二歳、中学一年生の春だ。

タイムリープなんて信じがたい奇跡を得たなら私のやることは一つ。

今度こそ下野先輩と付き合ってやるんだ！

戻ってきたのが下野先輩にネット上で初めて知り合ったこの時代というのも、神様が私を応援してくれているからに違《い》いない。

失敗した経験を活かし、計画的に動くんだ。

てなわけで、まず大事なのは事前調査。

今から二年後の秋。甘草南高校の文化祭で私は下野先輩に告白する。そこで下野先輩はこう言った。

「他《ほか》に好きな人がいる」

その好きな人が誰なのかを知ることが先決だ。

それがわかれば、かなり有利にことを進められる。逆を言えば、その情報がなければ対策のしようもなく、また同じ歴史を繰り返すだけになるだろう。

では、どうやって下野先輩の好きな人を知るか。

告白をした文化祭で、私はある人物と知り合いになった。

下野先輩の妹、下野小冬《こふゆ》ちゃんである。

とても素直でかわいらしい子だった。

彼女なら下野先輩の好きな人を知っているかもしれない。

もちろん今この時点では小冬ちゃんとの接点がないので、まずは彼女に近付くことが必要になってくる。

えっと……この時代だと、私が中学一年生だから、小冬ちゃんはまだ小学生か。さすがに彼女の通う小学校まではわからないが、下野先輩が南中《みなみちゅう》出身のはずだから、南中学校の学区に当てはまる小学校を手当たり次第にリサーチすれば、そのうち小冬ちゃんと接触することができるだろう。

なに、来たる文化祭まではまだ二年半もあるのだ。

焦《あせ》らずゆっくりといこうじゃないか。

◆

「うーん、ここの構図もっと大胆にできないかなぁ」

休日の自室。

私は朝っぱらから勉強机に向かい、ペンを走らせていた。

ペンといってもGペン、漫画を描くためのものだ。

結局タイムリープしてもやることは同人漫画を描くぐらいで、一度目と同じような中学一年生の時代を送っている。

しかし、十数年の経験がある分、画力だけは上がっていて、中学生にしたらだいぶクオリティの高い漫画が描けているのではないだろうか。中学のオタク友達からも大変好評である。

いっそ、どこかの雑誌の新人賞にでも送ってみるか。いや、でも私が描いているのは十八禁のなかなかハードなジャンルだ。世に出すとしたらコミケか。うーん、でも大学に入ったら漫研でサークルを始めるから、今から個人で動くと、あとあと面倒だよなあ。

今は趣味で描いてオタク仲間の中だけで盛り上がっているくらいが気楽でいいや。

趣味にしてはペン入れまでしているところが我ながら完璧主義な性格してるなと思ったりもするが。

そんな中、携帯に一通のメールが入った。

相手は下野小冬ちゃんだ。

あれから小冬ちゃんと接触するまで結局、半年もかかってしまった。けれど努力のかいあって、今ではこうやってメールのやりとりをするくらいに仲がよくなった。着々と計画は前進している。

メールを開くと、さらに喜ばしい内容が目に入る。

『今日、家に誰もいないから、小栗ちゃん遊びに来てよ』

下野家へのお誘いだ。

これはチャンス。

家に行けば自然と下野家の話題に持っていくことができる。その流れで下野先輩の好きな人をやんわりと探れる。しかも、誰もいないということは下野先輩もいないはず。すでにマロンとセブンナイトとしてやり取りをしている今の段階で、下野先輩に私の存在をリアルではまだ知られたくない。小冬ちゃんと二人きりならその心配もないということだ。

私はすぐに返事をし、ラックからいつも使っているリュックサックを手に取って、そのまま家を出た。

よーし！　順調順調！

◆

「お兄ちゃんの好きな人？」

「うん、そう！」

初めて訪れた下野家は綺麗な一軒家だった。私は二階にある小冬ちゃんの部屋に招かれ、楽しくおしゃべりをしてる中、タイミングを見て本題を切り出した。

「なんで小栗ちゃんが小冬のお兄ちゃんの好きな人なんて知りたいの？」

純粋に不思議だという表情を浮かべて小冬ちゃんは私を見る。

「えっと……私、恋愛漫画を描いててね、男子の恋愛事情ってどうなのかなーって思って。わ、私って男友達も少ないし、兄弟もいないから」

「小栗ちゃん漫画描いてるの⁉　すごい、見たい見たい！」

「あ、あははー。また機会があったらね。でも大人の恋愛描いてるから小冬ちゃんにはちょっと早いかもねー、あはははは」

あんな内容の漫画を無垢《むく》な小学生に見せられるわけがない。ある意味、恋愛漫画というのは合っているのかもしれないが。

「そうなんだー、でも見たいなー」

「そ、それより、どう？　小冬ちゃんのお兄ちゃんには好きな人とかいるのかな？」

「んーっと……好きかどうかはわからないけど、小さい頃からずっと仲がいいのは奈央《なお》お姉ちゃんかな」

「奈央お姉ちゃん？」

「うん！　お兄ちゃんと同い年のお姉ちゃん。お母さん同士が仲良くて小さい頃からいつも一緒に遊んでたんだよ。最近、小冬はあんまり遊ばなくなっちゃったけど、お兄ちゃんとは今でも仲良くしてるみたい！」

「……そうなんだ。名字はわかる？」

「中津川《なかつがわ》だよ」

「中津川奈央さん……か。ありがとう小冬ちゃん」

「小栗ちゃんの漫画に役立つといいね！」

屈託《くったく》のない笑顔がまぶしい。なんだか悪いことをしている気分だが、これも計画のため。

多少この身を汚すことになろうが、下野先輩と付き合えるならば悪魔を演じてみせよう！

妄想大好きな私が昼ドラばりに一人で盛り上がっていると、外の町内スピーカーからゆうやけこやけのメロディが流れてきた。時計を見ると十七時。そろそろ下野先輩が帰ってくるかもしれない。

「小冬ちゃん、私もう帰るね」

「えー！　もっといてよ小栗ちゃん！」

「あんまり遅くなると家で怒られちゃうから、ごめんね」

「うう……わかった」

本当に素直でかわいい子だ。

さよならを告げて下野家の玄関を出る。

見送りに来てくれた小栗ちゃんの姿が見えなくなったところで私はガッツポーズをした。

中津川奈央さん……いわば、下野先輩の幼馴染《おさななじ》み。

彼女が下野先輩の好きな人で間違いないだろう。なにせ幼馴染みなのだ。幼馴染みはヒロインの中でも強いと相場が決まっている。そして、メインヒロインに負けるのもまた幼馴染みの宿命！　メインヒロインはもちろん私！　タイムリープまでしてるのだから、そりゃどう考えたって私がメインヒロインに決まっている。つまり中津川奈央さんと下野先輩の仲を邪魔することができれば、文化祭の告白成功にグッと近付くのである。

まさかこんなにも順調に計画が進むとは。

いける。この調子ならいける！　もしかして私ってスパイとか向いてる⁉

将来ＣＩＡとかにスカウトされちゃったりして！

管理会社に勤めていたことをすっかり忘れ浮かれていると、もう一つ忘れているものに気付く。

「あ、リュック」

やけに背中が軽いと思ったら愛用のリュックサックを小冬ちゃんの部屋に忘れているではないか。まあ、大したものは入っていないのだけれど。

サイフに、手鏡、リップクリームと、あとはこの前、仲間に見せた原稿に、小物をまとめたポーチ。そんなもんだ。

原稿⁉

そ、そうだ、あの中には私の同人漫画の原稿を入れっぱなしに……！

「まずい‼」

私はダッシュで下野家に戻る。到着するやいなやインターフォンを連打。

が、反応がない。嫌な予感がして玄関の扉に手をかける。開いている。不法侵入になるが、ええい、緊急事態だ、関係ない！

ドタドタと階段を駆け上がり、先ほどまでいた小冬ちゃんの部屋のドアを勢いよく開けた。

「小冬ちゃん！」

「あ、小栗ちゃん」

学習机に座っていた小冬ちゃんが、こちらを向いた。

その手には……束《たば》になった原稿用紙。

「も、もしかして、それ見た？」

「うん！　小栗ちゃんの漫画上手だね！」

オウ。

「どこまで読んだ？」

「全部！」

ノウ!!

「ねーねー、小栗ちゃん。なんでこの女の人は鞭《むち》で男の人を叩《たた》くの？」

「えっと……」

「それでなんで男の人は女の人に叩かれたり、足で踏まれて嬉《うれ》しそうな顔しているの？」

「それは……」

「なんで女の人は男の人をブタって呼んでるの？」

「あはは……なんでだろう」

「なんで男の人は女の人を女王様って呼ぶの？」

「もうやめて！　恥ずかしさで死んじゃう！」

そう、私が描いている同人漫画はゴリゴリのＳＭものなのだ！

別に私自身がＳな女ってわけではない。どちらかというとこの上下の関係性そのものに萌《も》え要素を見出《みいだ》してしまうだけであって、ああ、どちらにしろ変態であることには変わりないよ！　でも、人間誰しも個人の趣味嗜好《しこう》ってものがあるでしょ⁉　別にヒッソリ一人で楽しむ分にはいいじゃない！

そう、一人で楽しむのはセーフだが、女子小学生に見せるのはアウトだ。

「小冬、なんかすごいこの女王様カッコいいと思う！」

「……は⁉」

「バンバンって男の人叩くの楽しそう！　あと叩かれて喜んでる人もかわいい！」

「な、なに言っているの小冬ちゃん？　こういうのは、よくないことなんだよ」

「ねーねー、女王様は裸が普通なの？」

「うあああああ！　オリジナル要素には触れないでえええええ」

普通、女王様はボンテージを着ているものだろうけど、変なこだわりを見せて私の漫画に出てくる女王様はみんな全裸なのだ。ちなみにこれがけっこう友達にウケるウケる。って、そんなこと言ってる場合じゃない！

「小冬もこんな女王様になれるように頑張るね！」

「頑張らなくていい！」

「やっぱり小栗ちゃんはすごいなー。小栗ちゃんは小冬の師匠だね！」

ああ、なんだかとんでもない歴史改変をしてしまった気がする。

ごめんなさい、下野先輩。

◆

計画は第二段階へ移行。

私はあれから南中学校に張り付き下野先輩の動向をチェック。その中で中津川奈央さんとおぼしき人物を確認した。そして約二ヶ月の間、二人の様子を観察。その関係性を徹底的に調査した。

浮き彫りになったのは下野先輩が中津川奈央さんに対して男友達のように接しているということ。ときには「オトコ女」だなんて女子にとってはなかなか辛辣《しんらつ》な言葉も飛び出していた。もちろん、中津川奈央さんは冗談だとわかっているのだろう、怒りながらも毎回笑顔である。それは幼馴染みがなせる信頼関係の裏付けとも言えるだろう。

しかし、愛のあるイジリも、本人のいないところでしているなら話は変わる。裏で同じようなことを言えば途端に悪意が生まれ、それを人は陰口と呼ぶ。

だから私は考えた。

でっち上げ話を作って、下野先輩が裏でも中津川奈央さんの悪口を言っていると彼女自身に吹き込めば、二人の関係はギクシャクするに違いない。

下野先輩と付き合うために、下野先輩本人をダシに使うだなんて、ああ、なんて私は悪い女。でも、これも目的のためなの。小悪魔な小栗を許してください神様……。

と、毎度お馴染《なじ》みのメロドラマ寸劇を心の中でしながら、私が今いるのは、駅前のバーガーショップである。

二階の一人用テーブルに座っている私の隣で、中津川奈央さんが一人、ポテトをつまんでいる。

二ヶ月の追跡の末、中津川奈央さんが一人でいるところにようやく出くわすことができた。

こんなチャンス、次もあるとは限らない。

元来、人見知りで他人とのコミュニケーションが苦手な私ではあるが、これでも数年の間、社会を経験している。この中学時代に比べれば多少の成長はしているはずだ。

よし、いくぞ小栗。

「あ、あの。中津川奈央さん……ですよね？」

私は隣に顔を向け言った。

「うん、そうだよー！」

すげー！　他人からしゃべりかけられたのに間髪容《かんはつい》れずに答えた！　これが根明《ねあか》ってやつか！

「わ、私……右色小栗っていいます」

って、なに自己紹介してるんだ。別に名のる必要はないだろう。むしろ、私の存在を覚えらえると、今後の私と下野先輩との関係にも影響が出てくるじゃないか。

「じゃあ、おぐおぐだ、よろしく！」

ああ、もう、陽《よう》キャのペースが未知すぎて、頭が壊れそう！　もうあだ名付けられてる！　いちいち名のったことを深く考えている場合じゃない。気を抜くと完全に相手のペースに持ってかれて、なにもできずに終わっちゃう。

「おぐおぐは西中《にしちゅう》の子だー」

「え、なんで、わかるんですか」

「だって制服」

「ああ、そうか」

「あははー、おぐおぐは天然《てんねん》さんだなー。何年生？」

「一年……です」

「じゃあ、一つ下だ」

「はい……」

なんで私が話しかけたはずなのに会話をリードされてるの⁉

「それでどうしたのー？　わたしになにか用事？」

よし！　ナイスアシストだ中津川奈央さん！　この際、敵からのアシストだってことは気にしない！

「あの、中津川奈央さんは……」

「あははー！　なんでフルネームなのー？　奈央でいいよー」

「ああ、じゃあ、奈央先輩は仲のいい男性のお友達いますよね？　えっと、いつも一緒にいる、短髪でブレーリードッグみたいなお顔した」

「七哉《ななや》のことかな？」

「はい！　多分、その方です。はい！」

よし、下野先輩の話題へなんとか持っていけた。

「七哉がどうしたの？」

「私、その人が裏で奈央先輩のことオトコ女って言っているの聞いちゃったんです。本人の前で言うなら冗談かもしれませんが、裏で言うのって最低だなーって」

ごめんなさい下野先輩。そんなこと思ってませんよ。そもそも裏でそんなこと言ってませんしね。

「なにー！　七哉のくせに生意気だなー！」

「それなです！　それなです！　そんな男の人とはあんまり仲良くしないほうが……」

「あんにゃろーを見返すためにはなにが必要かなー。おぐおぐはわたしに女子としてなにが足りないと思う？」

「え？　え、ええと、別に奈央先輩はかわいいし明るいし足りないところなんてないかと」

「もう、おぐおぐかわいい！　わたしおぐおぐのこと好きになっちゃった！」

はや！　さっきまで赤の他人だったのに好きになるの早すぎ！

「って、そうじゃなくて、奈央先輩に原因はないので、単純にその男の人とは距離を取ったほうがいいとですね、私は思いましてですね」

「うーん、やっぱり胸か……」

「はい……？」

「確かにお母さんに比べておっぱい小さい気がするんだよなぁ。あとツーサイズくらい足りないかなぁ」

奈央先輩が自分の胸を両手で持ち上げて言う。ていうか両手で持ち上げられる時点で中学生としては十分大きいと思うんだけど……。

「よし、おっぱい大きくなって七哉を見返そう！　そんで巨乳を使って金を巻き上げてやる！」

「はあ⁉」

「一揉《ひとも》み五百円！」

「安！」

「じゃあ揉み放題で五千円にする？」

「そういう問題じゃないですよ！」

はっ……しまった。完全に彼女のペースに巻き込まれている。

なんでこんな方向に行くんだ。

「ネットでバストアップの方法調べてみるね。おぐおぐも一緒にやっておっぱい大きくなろうね」

「えええええ⁉　私も⁉」

「もちろん！　一緒にグラビアデビューしよー！」

「え、遠慮しときますー！」

私は逃げるようにその場から立ち去った。

もう、小冬ちゃんのときといい、なんでこうなるのよー！

◆

あれから半年以上が経ち、私は中学二年生に進級していた。

　今でもちょくちょくと南中へ出向いては、下野先輩と奈央先輩の様子を観察しているのだが……。

　一向に二人の関係が悪化していくような気配はない。

　そりゃ、あの日の奈央先輩の態度を見れば予想するまでもない結末だが。

　ていうかマジで若干《じゃっかん》、奈央先輩の胸が大きくなっている気がする。

　このままいくと高校生になる頃にはマジでグラビアデビューしかねないスタイルになりそうだ。恐るべし中津川奈央。

　そんなことより、計画の進行は上手くいっていないという現実に目を向けなければ。

　いったいどうしたものか。

　などと頭を抱えながら母校である西中の廊下を歩いていると、目の前に大きな影が現れた。咄嗟のことに私は対処ができず、そのままボフッと大きな体に顔面からぶつかる。

「おお、悪い大丈夫か？」

　ぶつかった相手はビクともしていないようで、高身長の体を折り曲げ私の顔を覗《のぞ》いた。

「大丈夫です。すみません私が前を見てなかったので」

「いんや、平気ならよかった」

　そう言って、その人はまた廊下を歩きだした。黒髪で、とても背の高い男子。上履きの色が黄色だ。確か黄色は三年生だったたか。

「どこかで見たことあるような」

歩いていく背中を見つめながら私は顎《あご》を指でなぞった。

うーん、でも三年生の知り合いなんていなかったはずだし……。一つ上の世代なら下野先輩と同じか。

あ! 下野先輩と同じ学年、つまり同級生!

田所鬼吉《たどころおにきち》!

そうだ、間違いない。下野先輩の友達、甘草南高校の田所先輩だ。オフ会から文化祭までの間、何度も下野先輩をデートに誘おうとしたが、あの人が下野先輩にいっつもくっついてるから、なかなか誘えなかったのだ。かろうじて誘えた東京タワーのデートにさえ、付いてこようとしてた。それはさすがに阻止したが。

あまりにも下野先輩と仲がよかったから同じ南中出身なのだと思ってたが、西中だったのか。じゃあ、なにか、高校に入ってからあんなに仲がよくなったというのか? よっぽど気が合うんだな。

……ちょっと待てよ。そもそもあの人がいたから私は下野先輩へなかなかアタックできず、振られることになったのでは?

下野先輩に好きな人がいようと、もっとグイグイと私がアピールできていれば結果は変わっていたかもしれない。まあ、そんなもの証明しようがないし、やってみなければわからない話だが、ならばやってみればいい。

やり直しのチャンス、私が最優先でやることはもっと下野先輩にアタックすることだった。

そのためには弊害《へいがい》となるものは排除しておくべきだ。

次の計画が決まった。

田所先輩と下野先輩が仲良くなる未来を変える！

◆

計画は単純なものだ。

田所先輩は高校二年生の頃からギャル男になったということは知っている。狭い地元だ、目立っている学生の情報は他校にも届くのである。

そして、下野先輩はギャル男のようなイケイケな陽キャは苦手なはず。下野先輩はどちらかというと私よりの人間だからわかる。だって私はギャル男嫌いだしね！

そんな下野先輩が田所先輩と仲良くしているのは、単純に出会ったときはギャル男じゃなかったから。

なら、もともとギャル男ならどうだ？

高校に入学したときからすでにバリバリのチャラチャラのピッカピカの茶髪鬼ちゃん！

いける！　絶対に仲良くならない！　下野先輩スケジュールオールフリー！　私誘い放題！　カップル成立！　あじゃじゃしたー！

「ふっふっふっふ。我ながら自分の悪女っぷりが怖い」

私は早朝の昇降口《しょうこうぐち》で田所先輩の名前を探していた。三年生の下駄箱《げたばこ》をくまなくチェックする。

「あった！」

そして、見つけた彼の下駄箱の中へある雑誌を入れた。金髪に、焼けた肌の男性が表紙を飾る雑誌。

メンズエッグである！

私が二十五歳だったタイムリープ前の時代では、すでに廃刊になってしまったが、今この時代では誰もが知るギャル男雑誌の代表だ。

もともとギャル男になる素質があるなら、それをちょいと早めに引き出してやればいい。この雑誌を読んで、さっさとギャル男のカッコよさに気付くのだ田所先輩。ふふふ、どうなるか楽しみだ。

それから私は、メンズエッグ以外にもギャル男が好みそうなファッション誌を毎週、田所先輩の下駄箱へと投函した。

その期間、実に五ヶ月。

五ヶ月もの間、毎週欠かさずに私は雑誌を入れ続けたのだ。

お小遣《こづか》いはほとんど雑誌に費やした。

そして、この努力がいつか実を結ぶことを信じて、今日も私は誰もいない早朝の昇降口で田所先輩の下駄箱に雑誌を入れていた。

「ふー、今日は本命のメンズエッグの日ですよ。最新号なんだから熟読してくださいね、田所先輩」

「ウェイウェーイ楽しみだぜー！」

田所先輩の手が下駄箱に伸び入れたばかりのメンズエッグをつかんだ。

「あ、早速読むんですね……って、げえええ！　田所先輩！」

「いつも雑誌入れてくれてたの君かー。鬼ちゃん感謝感激だぜヒュイ！」

茶髪の田所鬼吉が私の前に立っていた。

「てかギャル男になってる！」

「そうでーす！　鬼ちゃんギャル男に目覚めましたウェーイ！」

やったー！　計画通り！

って喜んでる場合じゃない！　私が雑誌を入れている犯人だとバレた！

「えっと、右色小栗……か」

「なんで私の名前を!?」

「だって学生カバンの側面に名札入ってるぜ」

「あっ！」

そうだった。中学時代の私はなんでも持ち物に記名するような真面目《まじめ》ちゃんだったんだ。

「ところで、なんでおぐっちは俺《おれ》に雑誌くれるんだ？」

「おぐっち⁉」

「そうだぜー！　おぐっちは俺にギャル男のカッコよさを教えてくれたからな。もう友達だ！」

なんかルフィみたいなこと言ってる！　まさか下野先輩の前に私が友達認定されるとは……。

とりあえず適当な返答しとこう。

「え、えっと……田所先輩こういうの好きになるかなーって思って」

「すげーな！　おぐっちは予言者だな⁉　まんまと好きになったぞヒュイ！」

ヒュイまで言うならゴーも言いなさいよ。

てか、また下野先輩関連の人と余計な接点を持ってしまった……！

「で、でも、もうお小遣いももたないので今日でやめます。勝手なことしてすみませんでした ー！」

「あ、おぐっち？　おーいおぐっちー、どこ行くんだよー！」

ああ、私ってやつはなんでこう、ドジばっかり！

私は奈央先輩のときと同じように再び駆け足でその場を去るのであった。

◆

気付けばタイムリープをしてからもう二年が経っていた。

中学三年生。

今年の九月にはオフ会があり、十月には甘草南高校の文化祭が待っている。

ここまでやれることはやってきた。

小冬ちゃんに好きな人の情報を聞き。

奈央先輩に仲違《なかたが》いの種《たね》をまき。

田所先輩という不安分子を排除するためにお小遣いと長い時間を割いた。

だというのに！

甘高に偵察に行ってみれば、高校に進学しても奈央先輩と卜野先輩の関係は悪くなってない。

田所先輩とも変わらず友達になっている。

変わったのは小冬ちゃんが私の同人漫画の影響でＳＭにハマったこと。奈央先輩の胸が本人の宣言通りツーサイズぐらい大きくなったこと。田所先輩が早めにギャル男になったこと。

そして、無駄に三人と私の関係が構築されてしまったこと。

下野先輩に関する歴史に対しては、なに一つ影響を与えていない。

ちくしょー!

計画は順調に進んでいたはずなのに。

あまりに結果が伴わないものだから、私は自暴自棄《じぼうじき》になり、中学三年生の貴重な青春の時間を漫画制作とネトゲだけに費やし、虚無な日々を過ごしてしまっていた。

タイムリープをしてまで私はなにをしているのだ。

しかし、ときは待ってくれない。刻々と季節は流れ。

運命の二学期を迎えたのだ。

今日はオフ会の日。集合場所のカラオケで、私は静かに時計を見つめながら座っていた。

こんなことじゃいけない。

ポケットに入れたいちご味の飴玉《あめだま》を握《にぎ》り、改めて決意を固める。

勝負はこれからなんだ。

昔の私とは違う。髪の毛だって綺麗に整えている。下を向く癖もだいぶ改善された。

ここまできたら、あとは押して押して押しまくる。

約束の時間まで五分。来ていないのは下野先輩だけ。

初対面の印象は大切だ。下野先輩が到着したら一目散に彼の元へ向かい、明るく挨拶《あいさつ》しよう。

名付けてきゃぴきゃぴウルトラスタートダッシュ作戦だ。

ガチャ。

「こんにちはー」

――来た！

行くぞ！　立ち上がり入り口へ駆け寄る。

「は、初めましてセブンナイトさん！　私、マロンです！」

私はニコリと笑って彼に挨拶する。

ああ、いつも陰から見ていた下野先輩が再びこんな近くに。懐《なつ》かしい。

「あ、あ、あの、私セブンナイトさんとお会いできるの、すごく楽しみに……」

そこまで言ったところで、下野先輩の背後に二つの影が映った。

誰かいる!?

「ど……どなたでしょうか……？」

え、なにこれ？　どういうこと。意味がわからない。なんで知らない人がいるの。

「いえーいビワだよー。よろしくねー」

いや、だから誰なんだよ！

「ああ、琵琶子《びわこ》さんこんにちは。みんなには言ってなかったけど、セブンナイトさんの友達も参加することになったんだ。いやー、すごい面白い人でね。僕もすぐ仲良くなってさ」

団長が言う。

「おすおすー、そゆことー」

はあ⁉　なにそれ！　てか、これオフ会だよね⁉　なんでオフ会に部外者呼んでるの⁉　バカなの？　アホなの？　死ぬの⁉

私がパニックになっていると、下野先輩の背中で隠れていたもう一人の女性が、ひょこりと顔を出した。

「あ、あの……上條透花と申します。私も参加させていただいちゃって、よろしいんでしょうか」

ときが止まった。

上條……課長！

ジーオータム商事の上條課長がなぜここに……？

いや、待てよ。確かに上條課長も甘草南高校出身だった。ということは下野先輩と、もともと知人だった……？　しかし、そんな歴史、私の記憶にはない。そもそもこのオフ会に上條課長や、こんなよくわからないギャルが来るなんてことなかったはずだ。てか、マジでこのギャルが正体不明すぎて怖い。

「だ、団長、聞いてませんよ！　私てっきりパーティの人だけかと！　てか、オフ会って普通そういうもんじゃないんですか⁉　ただでさえ初めてのオフ会でみんな初対面なのに！」

混乱する頭をなんとか整理しながら私は団長に抗議する。

「まあ、いいじゃない。マロンさんが言った通り、みんな初対面なんだから、人数が増えても一緒だよ。楽しもうじゃないか」

あーそうだった。この人そういう人だった。デリカシーのかけらもない男子！

ダメだ。この流れを止めることは無理だ。

一旦《いったん》落ち着いて考えよう。

私は元いた席に戻り頭を抱える。

そんな様子を見て不憫《ふびん》に思ったのか、下野先輩が申し訳なさそうな視線をこちらに向けている。

ええ、そうです。

私、タイムリープしてからずっと不憫なんですよ、下野先輩。

なんてことを言っても彼には理解できないだろう。

とにかく、この想定外の歴史改変について、整理する必要がある。考察は私の得意分野だ。

「ねーねー合コン楽しみだねー」

ギャルが私の隣に座って言った。

「は、はあ……」

うるさいよ！　今考え事してんだよ！　特にあんたが一番、謎《なぞ》なんだよ！　てか合コンってなんだよ！　合コンじゃねーよオフ会だよ！

マジでこのギャルは何者なんだ。なんかヘチマさんの反応見るにけっこう有名らしいけど、上條課長の噂は耳にしてもこのギャルの噂は知らないぞ。知らないっていうか無意識に情報をシャットアウトしてただけかもしれないが。ギャル嫌いだからね。

ん……ギャルといえば、田所先輩……。もしかしたら私が田所先輩のギャル男化を早めたことが回り回ってこのギャルと下野先輩に関係をもたらすことになったとか？　ギャル界隈《かいわい》のコミュニティは広いからな……。

いわゆるバタフライ効果ってやつか……。

いや、本当にそうか？　バタフライ効果ってのは小さな変化が波のように広がってやがて大きな変化を呼び起こすこと。タイムリープものの作品にもたびたび歴史改変の一種として比喩《ひゆ》表現で使われる言葉だが、私が故意に起こした歴史改変がこんな短期間で私のまったく知らない未来を作るまでの変化をもたらすのだろうか。肝心な私の目論見《もくろみ》自体は失敗に終わった。それほど間接的な歴史改変は難しいというのに、ここまで未来が変わるなら、それはもうバタフライ効果の範疇《はんちゅう》を超えているのではないだろうか。

それこそ、故意に歴史を動かそうとする意思がない限り……。

「ドリンク頼みましょうか。私が注文するからみんな頼むもの言ってってって」

上條課長が言った。

それに下野先輩が答える。

「課長、いいです、俺がやりますから」

「一番インターフォンから遠い席に座っといてなに言ってるの。いいわよ、やるから」

「す、すみません」

そして全員分のオーダーを聞いて上條課長はドリンクを注文した。

なんてことない後輩先輩間の会話。

しかし、一つだけ違和感があった。


――課長?


今、下野先輩は確かに上條課長を「課長」と呼んだ。

そんな偶然あるか?

改変された新しい歴史の中で知り合ったであろう上條課長を、まるで未来を予知しているかのように「課長」と呼ぶ。

その偶然が起こる確率より、もっと現実的な、仮説が上げられるのではないだろうか。

故意に歴史を動かそうとする意思。

もし……もし下野先輩がタイムリープしていたなら、これほど大きな変化が起こったことにも説明がつく。

そして、下野先輩の「課長」という言葉を受け入れている彼女。

上條透花もタイムリープしている可能性がある。

◆

私が立てた仮説はあくまで可能性の一つにすぎない。

例えば、もし二人がタイムリープしていたのなら、私が起こした歴史改変に気付かないだろうか。小冬ちゃん、奈央先輩、田所先輩、近しい人が三人も大きな変化をしている。ああ、あと髪切ってるから私もか。あそこまで変化しているなら不思議だと思うはず。そこを探られていたら、もっと早くに私の存在が知られていてもおかしくない。それくらいの関係を私はあの三人と持ってしまったのだから。

しかし、私は考察大好きの考察厨《ちゅう》だからそこまで考えるけれど、タイムリープなんて超常現象は誰にとっても未知な領域だ。タイムリープってそういうもんだと思えば私みたいにいろいろ追究しないのかもしれない。

と、まあ、どちらにも転ぶ要素があるので、情報が少ない現段階で二人がタイムリープしていると決めつけるのは少しばかり早計だ。

早計だが、正直私は自分の説をかなり信じているし、仮説が正しいか否《いな》かでこれからの私の行動に大きく影響してくる事柄であることには違いないのだ。

なぜなら二人がタイムリープしているなら、どちらかが相手のことを好きでいる可能性が高いからだ。私がタイムリープしたのも片思いの気持ちがキッカケなのだし。

ずっと奈央先輩を見てきたが、どうも下野先輩が彼女を好きであるとは思えなかった。もし、下野先輩の思い人が上條課長なら……いろいろと納得はいく。

もちろん逆に上條課長が下野先輩を好きだという可能性もある。

そして一番恐ろしいのはどちらも……という線。

説が正しいという前提の元に動き、探りを入れる必要がありそうだ。

そして、早速そのチャンスが訪れた。上條課長がトイレに向かうため席を立った。探りを入れるなら個別のほうがいい。私はすぐにそのあとを追う。

トイレに着くと洗面台で手を洗っている上條課長の背中を見つけた。しかし、うしろ姿も綺麗だなこの人は。

「上條透花さん……ですよね？」

私は上條課長に向かって声をかけた。

「私のこと知っているんですか？」

彼女が答える。

そりゃ、あなたはこの時代でも、十一年後の時代でも有名ですからね。

私は上手いこと会話を続けながら核心に迫る。

「あの、上條さんはセブンナイトさんとお友達なんですか？」

「そうね、学年は違うけれど、お友達よ」

そんな歴史はなかったはずだけどね。

「いつからですか？」

「うーん……最近……かな」

最近……彼女もタイムリープしているとして、その時期は一年以内のことか……もっと短い。でなければこのような返答をしてこないだろう。

私はもっと前からタイムリープして、もっと長く計画を進めていたというのに。

最近タイムリープしてきた人間が、私の計画を邪魔しようというのか……。

「私は……」

「うん？」

「私は……ず、ずっと前からセブンナイトさんとお友達です」

そう、私はずっとずっと、上條課長よりもずっと下野先輩を追いかけてきたのだ。

それをポッと出のタイムリープに負けるわけにはいかない。

ポットリープなんかに負けないいんだから！

◆

「と、まあ……九〇パーセントほどであなたがタイムリープしていると踏んでいたわけですが――」

イチョウの木の下で、一人立っていた上條課長に私は言う。

初めて、いちご味の飴玉を舐《な》めながら。

彼女を見れば、わかりやすく目を丸くし、驚愕《きょうがく》の表情を私に向けていた。

「その顔を見て、今、一〇〇パーセントの確信に変わりました」

彼女が下野先輩を好きなことはもうわかっている。

「右色さんも……？」

「ふふふ、そうですよ。私はあなたよりもずっと前からタイムリープしてるんです。二年半です。二年半ですよ！　そんな私があなたみたいなポットリープには負けるわけないいんです！」

「ポットリープってなに⁉」

「ポッと出のタイムリープに決まっているでしょう！　ていうか、結局最後まで左近司《さこんじ》先輩が何者なのかわからなかったですよ！　なんなんですかあの人！　マジで未知すぎて怖いんですよ！　あの人のせいで東京タワーも行けなくなったし！　ねえ上條課長！　左近司先輩は何者なんですか！」

「え……えっと、琵琶子は……カリスマギャル？」

「そうですよ！　なんであんなギャルが下野先輩と仲がいいんですか！　散々と私の計画を引《ひ》っ掻《か》き回して！　え、もしかしてこの人が下野先輩の好きな人？　とか無駄に考察の邪魔をしてくれて……ゴホゴホっ！　げっ、飴玉飲み込んじゃった！　オエエエエ！」

「う……右色さん、大丈夫？」

「とにかく！」

私はまっすぐに恋敵《こいがたき》を睨《にら》む。

「あなたの思い通りにはさせませんからね、上條課長！」

絶対に二人の仲を邪魔してやる！

「あれ……おかしいな。小栗ちゃんが課長は屋上にいるって言うから来たのに……誰もいないぞ」

◆

小栗ちゃんの告白を受けたあと、俺はその足で屋上へと来ていた。

あれほど混雑していた屋上はもぬけの殻《から》となっていて、一人でたたずむ俺に寂《さび》しい秋の風がそよいだ。

塔屋《とうや》の裏を覗くとゴンドラが片付いていた。さすがに人が来すぎて混乱を招いたか、おそらく文化祭実行委員が解体したのだろう。

課長……いったいなんの話だったんだろうか。

俺は課長からもらったヤマデくんのキーホルダーを手に取り、見つめる。

二度目のはずなのに知らないことばかり起こる、未知だらけの先が見えない文化祭。

一つだけわかったことといえば。


――右色小栗がタイムリープしていたということだけだ。

あとがき

こんにちは、徳山銀次郎《とくやまぎんじろう》です。三巻にもなると、だいぶ慣れてきてはいるのですが、この作品を執筆していて最も困るのが、「十一年前ってどんなだっけ？」ということです。

まあ、フィクションですし、読者様の読むタイミングも刊行から数年後なんていう、さらにタイムラグが発生しているかもしれない状況だって予想されるので、そこまで厳密に時代の整合性を取る必要があるのかと考えれば、「うーん、まっ、いっか！」と、楽観的になりたい気持ちもあるのですが、やはり現代ものを書いている以上は、多少なりのリアリティがなければ、感情移入しづらいだろうと、生意気な作家魂《だましい》みたいなものを持ちながら、自分なりに努力している所存であります。

十一年前だと自分は何歳の頃《ころ》だから、どこに住んでいて、なにが好きだったたから、こんなものが流行《はや》っていて……と、考えを巡《めぐ》らせたり、ネットで商品の発売日や、アプリのリリース時期を調べたり、カラオケでヒットソング検索の二〇一〇年欄を眺めたり。

そして、「え!?　この作品ってもう十年以上前なの!?」って、ベタなあるあるをやったりしています。これはこれで、なかなか楽しいんですけどね。この作品も十年後に誰《だれ》かがそう思ってくれるような、記憶に残る物語になれれば嬉《うれ》しいです。

さて、三巻ですが、性懲《しょうこ》りもなく新キャラを出してしまいました。私はデビュー作の頃から無駄にキャラを多く出す癖《くせ》があるみたいで、誰が無駄だよ！　無駄じゃねーわ！　ぶち殴るぞ！　あ、すみません、発作《ほっさ》の一人ノリツッコミが出てしまいました。気にしないでください。

話を戻して、新しいキャラを出すと、イラスト担当様にまたデザインを考えてもらう形になるので、申し訳ないなぁと思いつつ、毎回キャラデザを楽しみにしている悪い人間であります。

今作の新キャラ、右色小栗《うしきおぐり》も、まあ、本当にかわいいこと、かわいいこと、ちょっとかわいすぎやしませんか、よむ先生！　こんなにかわいいとずっとデザイン画を眺めちゃって、仕事になりませんよ！

というわけで、お忙しい中、今回もキャラクターデザインから始まり素敵なイラストをたくさん描いていただいた、担当のよむ先生、ありがとうございました。

そして、プロットの段階からたくさんのご相談にのっていただいた担当の佐藤様、いつも、ありがとうございます。

また、本書の刊行に携《たずさ》わっていただいたすべての皆様、本書をお手に取っていただいた読者の皆様に、心より感謝申し上げます。

今後とも、どうぞ、よろしくお願いいたします。

徳山銀次郎

ファンレター、作品の
ご感想をお待ちしています

〈あて先〉

〒106－0032
東京都港区六本木2－4－5
ＳＢクリエイティブ（株）
GA文庫編集部 気付

「徳山銀次郎先生」係
「よむ先生」係

本書に関するご意見・ご感想は
右の QR コードよりお寄せください。

※アクセスに発生する通信費等はご負担ください。

https://ga.sbcr.jp/

厳しい女上司が高校生に戻ったら俺にデレデレする理由 3 ～両片思いのやり直し高校生生活～

発　行　　2021年7月31日　初版第一刷発行
著　者　　徳山銀次郎
発行人　　小川 淳

発行所　　SBクリエイティブ株式会社
〒106－0032
東京都港区六本木2－4－5
電話　03－5549－1201
03－5549－1167(編集)

装　丁　　杉山 絵

印刷・製本　中央精版印刷株式会社

ISBN978-4-8156-1135-4
Printed in Japan　　GA 文庫